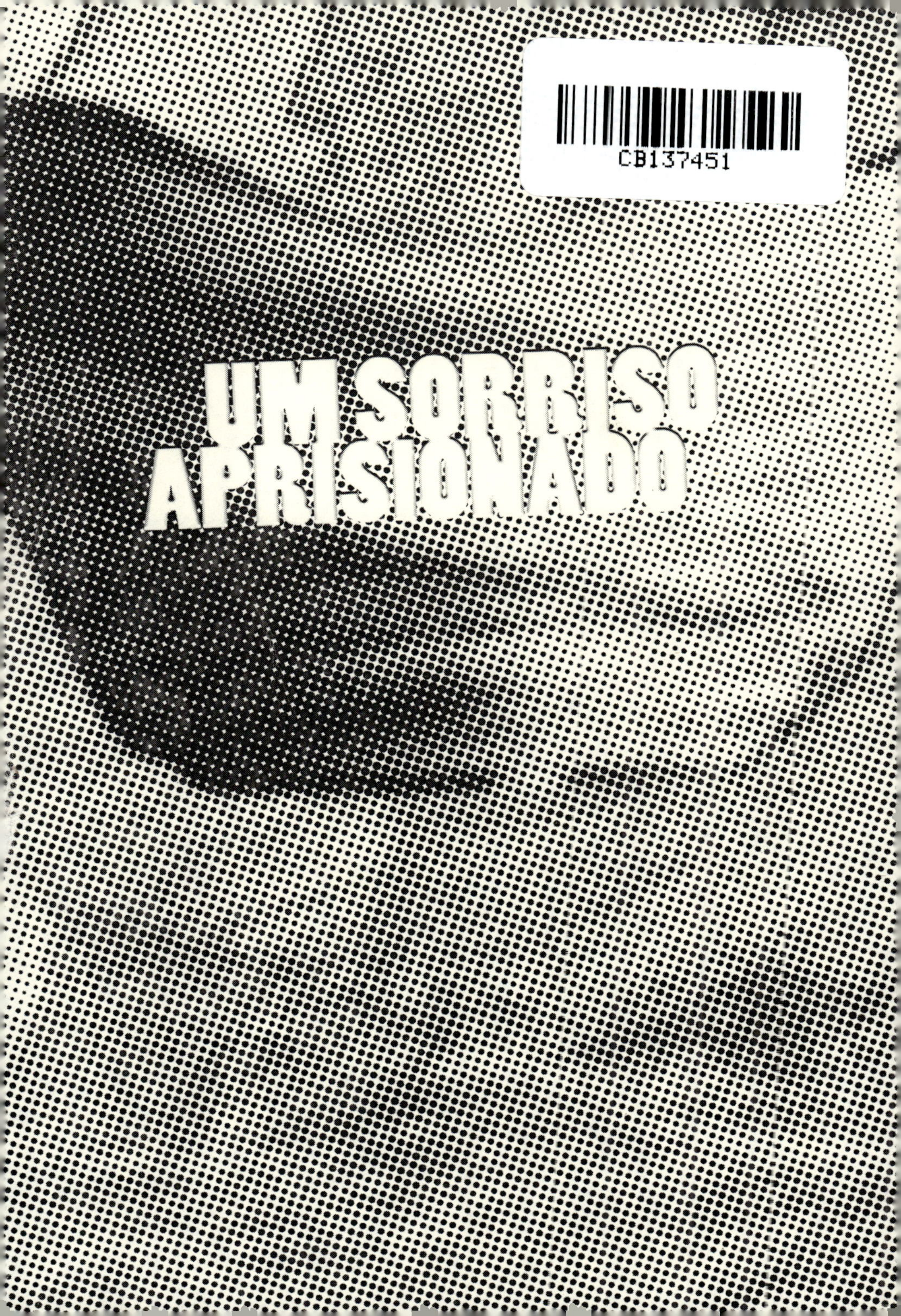

UM SORRISO APRISIONADO

UM SORRISO APRISIONADO

Nelson Lourenço

KOTTER EDITORIAL

Coordenador Editorial
Sálvio Nienkötter

Editor Executivo
Claudecir de Oliveira Rocha

Editor Adjunto
Daniel Osiecki/ João Lucas Dusi

Capa
Paula Villa Nova

Projeto Gráfico
Andre Luiz C. Mendes

Produção
Cristiane Luiza Nienkötter

Dados Internacionais de Catalogação na Publicação (CIP)
Angélica Ilacqua – CRB-8/7057

Lourenço, Nelson
Um sorriso aprisionado / Nelson Lourenço. -- Curitiba : Kotter Editorial, 2023.
116p.

ISBN 978-65-5361-202-0

1. Ficção brasileira I. Título

23-1788 CDD B869.3

Kotter Editorial
Rua das Cerejeiras, 194
82700-510 | Curitiba/PR
+55 41 3585-5161 | www.kotter.com.br | contato@kotter.com.br

1ª Edição | 2023

"O mundo exterior que se arranjasse. Por enquanto, era loucura pensar nele ou afligir-se por sua causa"

A máscara da morte rubra, Edgar Allan Poe

Agradeço a minha querida amiga Márcia Denser
pela leitura do original.
E a Duda Schwab, que me fez ver além.

Sumário

Um rosto familiar

Caminho na noite gelada. Ninguém nas ruas. O letreiro do Hotel Refúgio apagado. Não me lembro de ter visto aquele néon aceso alguma vez, afinal. Qual era mesmo a história daquele lugar?

– Já usei faca, já usei revólver…

Paro em frente ao prédio de azulejos trincados na fachada, uma construção castigada pelo tempo. Lugar abandonado. Até mesmo pelos viciados. Exceto por uma lâmpada acesa no andar de cima. Subo os degraus que dão na porta do hotel, de olho naquele fiapo de luz.

– …mas acho que bom mesmo pra dar fim num homem é um soco.

Aqui fora, as ruas do bairro pareciam ainda mais escuras com o isolamento. Nem sinal da polícia também, o que é um alívio. Pouco me agrada esse negócio de entregar mercadoria num horário assim, ainda mais para um sujeito mal-encarado como o autor daquele telefonema. Mas o pedido valia o risco. Precisava daquela grana.

– Ei, ô…traficante. Por que tá me encarando?

Senti o corpo estremecer. Eu? Encarando? Cara, eu seria muito doido se te encarasse.

Juro por Deus! Juro que não ouvi nada.

– Relaxa, mano. Tá suave. O Ben é parça nosso.

Mentira.

Eu não era parceiro de ninguém ali. Nem do Jurandir, que me dava nos nervos, nem do dono da academia de boxe. Meu pecado foi ter interrompido a conversa dos dois.

Mas depois que o homem me examinou de cima a baixo com os olhos mais uma vez, tudo se desanuviou. Daí o tal Jurandir – ou Jura Tempestade, como foi apresentado – pegou meu telefone. Ligou naquele mesmo dia, pedindo uma entrega de maconha no Refúgio, onde ele estava morando.

Agora, enquanto me preparava para tocar a campainha do hotel, eu só conseguia pensar naquele lance dele se gabando das propriedades mortíferas de um soco – onde mais ele poderia treinar se não fosse na academia de boxe do bairro?

Antes que eu pudesse me anunciar (nenhum sinal de vida na recepção), ouço ruídos vindos lá de cima. Olho para o alto e, num relance, vejo o corpo desabando. Se estivesse um piso abaixo, na entrada usada como garagem, teria me atingido em cheio.

Desço correndo, dou a volta na escada e topo com o corpo inerte. O homem caíra de costas, o rosto quase intacto, apesar da queda. Bochechas volumosas de um sujeito corpulento, banhadas pelo suor. Exceto pelos olhos esbugalhados, e o sangue fresco que escorria da cabeça, me pareceu familiar.

Seria aquele um serviço do Jurandir, especialista em dar cabo de gente na base da porrada? Mais um trabalhinho do Tempestade, se livrando de um corpo pela janela do Refúgio?

Eu é que não ficaria ali para descobrir. De onde aquele cara tombou, poderia vir mais um pacote.

O caminho para casa não era longo e, apesar de ser um trecho em subida, quatro quarteirões acima, acho que acelerei o bastante para não deixar rastro nenhum. Pensei ter visto alguém me observando pela janela de onde o corpo havia mergulhado, mas pode ter sido apenas uma impressão.

Quando cheguei em casa, ofegante, tive que reunir forças antes de atravessar o portão. Fiquei por um tempo curvado, as mãos nos joelhos, a imagem do rosto petrificado do homem pesando na minha cabeça. O estômago começou a embrulhar.

O fato é que, depois dessa correria toda, só me restava admitir: escolhi a pior época possível para começar a ser traficante. Todo mundo anda muito louco, meio neurótico, prestes a explodir por qualquer motivo, e a gente só percebe isso quando acontece um negócio desses. Uma noite daquelas já era o suficiente pra mim.

Odeio essa porra de pandemia. Quem vai querer fazer uma social com um baseado nessas condições? Isso afeta muito os negócios.

Se ainda pudesse me aconselhar com meu pai…

Ele sabia tudo sobre maconha. O cara mais imperturbável que você poderia encontrar naquelas ladeiras do Cambuci.

Mas o velho já não está mais aqui comigo, ainda que ali, naquele momento, eu pudesse ouvir da rua seus passos na sala, a vitrola tocando uma de suas canções preferidas, e ele valsando sozinho, indiferente ao mundo onde homens caíam a seus pés e se espatifavam na calçada, do alto do segundo andar.

Nada será como antes

Achei o diário de papai em uma gaveta, antes de tudo vir abaixo. Antes da noite sinistra em que o corpo daquele pobre coitado voou do alto do hotel.

Nada demais estava registrado naquele diário. Poderia ser o caderno de uma criança, admirada por cada detalhe que descobria em seu pequeno mundo. Para meu pai, porém, a curiosidade era apenas o estopim. Nenhum dia seria menos do que glorioso. Estava sempre pronto para usufruir de pequenas felicidades.

Não era de se admirar então que o velho enchesse páginas e páginas de rabiscos e frases soltas, cuja profundidade não sei avaliar. Parece que levou o negócio muito a sério, assinando o caderno com o seu nome de batismo e tudo, apesar de ninguém nesse mundo saber que ele se chamava Carlos Emanuel. Naqueles dias, ele tinha se transformado num velho com uma discreta pança, sobrancelhas hirsutas e a barba que lhe dera fama, sempre por fazer.

No final das contas, a gente só concordava mesmo que os melhores dias eram aqueles de calor ameno do começo de outono, quando a vista da colina no alto do Cambuci, onde morávamos, era um bocado convidativa.

Bastava uma caminhada em torno do velho sobrado naquelas manhãs de céu brilhante para enxergar, de um lado, ao longe, os espigões espraiados, uma fileira silenciosa de concreto. Do outro, o topo das ladeiras que levam ao Parque da Aclimação, um colchão verde salpicado de pássaros que não se intimidavam em dar audaciosos rasantes sobre o cocuruto de quem estivesse nas redondezas.

Naqueles dias, garotas passavam ruidosas, corredores frenéticos cortavam caminho entre os paralelepípedos, cuidadores de cães se apressavam. Em dias assim, até mesmo eu me arriscava a dar umas corridas também, desviando daquele pessoal animado no caminho tortuoso que dava na pista do parque, acelerando com um par de tênis caindo aos pedaços, até perder o folego e desabar num gramado, a cabeça primeiro afundada no chão, depois em alerta, com o nariz empinado, em busca de belezas ocultas, evocando o que ainda houvesse de mistério na maldita natureza (e ignorando em silêncio o alerta de meu pai, de que em breve todos os segredos seriam revelados).

Talvez eu suportasse melhor aquele esforço todo das corridas se lembrasse de fazer algum alongamento antes da arrancada. Meu pai era o mestre dos alongamentos. Ele podia consumir pelo menos uma meia hora esticando os músculos no portão e na castanheira que havia perto de casa. Os preparativos eram algo para se levar a sério, em todas as ocasiões. Ele era aquele tipo de músico que apreciava mais os ensaios do que o show.

Mas tudo isso agora são recordações do que fazíamos antes da pandemia. Antes de o vírus se espalhar pelo mundo.

Com a doença sorrateira, surgiria de fato um mistério: qual era o segredo daquela garota que não queria mostrar seu rosto e me fez perder o sono?

Numa varanda do Cambuci

Tudo começou quando meu amigo Remi apareceu em casa, exatamente num daqueles dias de outono. Ele ficou conosco durante duas estações, em plena pandemia. Os dias passaram voando, mesmo considerando que não havia muita coisa a fazer, a não ser deixar que o isolamento nos consumisse, com todas as suas implicações. Houve tempo para que vida e morte andassem lado a lado, e nossa história – pelo menos a minha história – mudasse completamente.

Acontece que o Remi era do tipo que ainda mandava cartas, longas cartas, por sinal. Após uma troca de correspondências, ele desembarcou em São Paulo com a ideia de passar alguns dias com a gente, na colina. Mas, com o vírus se espalhando, não voltou mais para a casa dele. Chegou com uma mala de roupas e o estojo do trompete, que ele estava tentando aprender a tocar.

Remi já não era mais o mesmo que a gente conhecera na infância. Tinha esticado. Ganhara o corpo de um atleta. As ruas de outrora também haviam mudado bastante. Porém o lar em que papai e eu tínhamos fincado os pés ainda estava lá. Era praticamente o mesmo lugar que Remi conhecera, dez anos atrás.

Não lembro exatamente o que ele viera fazer, se estava fugindo ou buscando uma inspiração qualquer. Meu pai chegou a indagar alguma coisa a respeito, se havia algum problema na família. Remi respondeu que nada muito sério andava rolando. Foi o bastante para que o velho – no auge de sua lucidez perturbada – o aceitasse como o filho pródigo voltando da trincheira, e compartilhasse longos tragos com ele. Não havia mais ninguém na casa, além de nós dois, e o espaço era mais do que suficiente para um convidado, apesar de todo o acervo de discos e recordações que meu pai acumulava.

Nossa casa era mais antiga do que o normal naquelas redondezas, e olha que a concorrência para ser a mais veterana era grande. Ocupava um espaço um tanto estreito para uma construção de dois andares. O muro baixo, formado de pedras coladas com cimento, era completado por uma cerca de finas lanças metálicas, ornamentadas por um gradil de figuras que pareciam imitar trevos da sorte. O piso da entrada era coberto de azulejos vermelhos. Alguns passos além do portão ficava a varanda, o lugar preferido de papai, ladeada por dois pilares e as janelas coloridas da sala ao fundo. Lá dentro, a casa era maior do que a gente podia imaginar quando a víamos do lado de fora.

Remi ocupou o quarto dos fundos. Para mim, acolhê-lo era algo natural. Não estranhei quando ele se entregou de bom grado ao vinho que meu pai lhe oferecia. Eu é que não iria continuar o interrogatório. Não sou do tipo que fica fazendo perguntas.

O vinho era uma ocasião à parte, em que papai se tornava um grande orador, a voz ainda mais rouca do que de costume, distribuindo ensinamentos que recitava tão facilmente quanto a letra de *Like a Rolling Stone*. Remi tentava sorver ao máximo ambos – a bebida e a doutrina Barba de sabedoria básica para enfrentar o tranco da vida.

Apesar de não beber – pelo menos não *aquele* vinho rosê de doze reais a garrafa que papai ia buscar na feira –, eu invariavelmente dormia na cadeira naquelas tardes com eles, tomado pela preguiça, depois de uma noite em claro.

– A natureza é sábia. Nada de se preocupar com esse vírus. Espere que a vida vai dar um jeito.

Remi arregalava os olhos, diante da iluminação, enquanto eu só pensava que já tinha ouvido aquilo em algum lugar, talvez num filme de dinossauros. Provavelmente meu pai havia rabiscado isso também lá no seu diário.

Voltava a dormir para só despertar de repente, quando escutava alguma BARBAridade:

– Daí o Raul virou pra mim e disse 'Barba, mostre do que você é capaz'...

– Pai, você nunca tocou com o Raul Seixas. No máximo, deve ter fumado um baseado com ele.

– Toquei sim, bem aqui do lado, no parque. 1986. Ainda nem havia conhecido sua mãe.

Pode ser que fosse verdade, afinal de contas. Minha memória sempre foi um tanto curta, e agora está meio abalada, diante dos acontecimentos recentes. Pra dizer a verdade, além das conversas insólitas na varanda de casa, entre goladas de bebida barata, e das partidas de xadrez que os dois disputavam ainda a seco, pela manhã, esticando as horas na cozinha – nosso convidado sempre dava um jeito de o velho ganhar com alguma jogada intrincada –, acho que não consigo registrar mais nada do que Remi fizera nos primeiros meses que passamos juntos.

Mas uma coisa é certa: sem Remi – Miguel Renato, pelos registros oficiais –, o mistério daquela garota nunca teria surgido à minha frente, à espera de uma solução.

A musa do guichê

Fora a bebedeira, a lembrança mais antiga que tenho dele nessa temporada é a do dia em que Remi arriscou ir ao correio apenas para ver uma garota que trabalhava lá. Não me perguntem também como ele encontrou a Jane – Janete Cristina, segundo o crachá do correio – pela primeira vez. Mas me recordo perfeitamente dele abraçado ao disco do Guns´n´Roses. Aquele com a capa original bizarra, que nunca consegui decifrar.

Lembro também de termos mofado um bom tempo na fila do correio. Antes, passei por uma banca para dar uma olhada no jornal do bairro. A notícia de que um homem tinha despencado do alto do Hotel Refúgio estava lá, na manchete principal. Arranquei a página com a história toda e guardei o recorte no bolso, para ler mais tarde.

Remi manteve nas mãos o vinil do Gun´s´Roses, já envolto num papel pardo. durante todo o caminho. Trezentas e vinte gramas sólidas de PVC que ele resgatara numa pilha de álbuns antigos de rock´n´roll. Não é algo muito confortável para se carregar debaixo do braço, muito menos enviar pelo correio. Mesmo assim, fora aquele o item escolhido para a missão.

A gente poderia ter separado com calma um disco apropriado entre as prateleiras e estantes abarrotadas. Alguma coisa que fosse inofensiva ou irrelevante o bastante para ser descartada. Mas Remi, a princípio, não se deteve muito nesse exame. Puxou o Apetite pela Destruição – belo nome para um disco – e nem ao menos se deu ao luxo de procurar uma alternativa. Não interessava muito o que iríamos despachar, apenas precisávamos – Remi precisava – ir ao correio.

Havia milhares de vinis engolindo poeira dentro de casa. Tinham pertencido ao meu pai. E agora um deles viajaria até chegar às mãos dos pais de Remi, que, provavelmente, ficariam sem entender nada quando recebessem o pacote. Principalmente com aquela capa.

– Não era melhor escolher um CD? – ele disse, no momento em que já estávamos prestes a sair de casa – Digo, um vinil sempre corre o risco de quebrar no caminho.

Pensei: E só agora você lembra disso?

– Faz alguma diferença?

– Não sei. Só disse que é mais fácil. Além disso, sei lá, talvez esse disco aqui seja importante pra você.

De repente, ele parecia indeciso. Sua preocupação comigo era comovente.

– Era importante para o velho – respondi, dando de ombros – Tinha alguma coisa a ver com um show em que ele conheceu uma garota. Pra mim tanto faz. Nunca gostei mesmo de Guns´n´Roses.

Remi parecia não estar convencido. Girou nos calcanhares e recuou até a prateleira.

– E esse aqui, Ben? Joy Division? Nunca ouvi falar.

– Não mexe nesse aí.

Vinil debaixo do braço, não passaríamos despercebidos na agência. Não me lembro de ter entrado lá antes, mas achei tudo meio sujo e grudento, apesar daqueles quinhentos cartazes espalhados avisando que o ambiente seguia todas as regras de higienização para não propagar a Covid. Seguia todas as regras...tá bom, vou acreditar nessa.

Remi suava e movia nervosamente a boca por baixo da máscara de pano, chamando a atenção de quem estivesse ao nosso redor.

– Essa fila não anda. A gente tá aqui faz a mó cota.

– Mano, segura a sua onda. Ela não vai sair daquele maldito guichê agora.

– Então demorô.

Remi já tinha ultrapassado os vinte anos. Era mulato, magro, cabeça raspada em contraste com a barba cerrada, semblante acolhedor e sincero. Tinha espichado bastante na adolescência. Em nada lembrava o menino franzino que a gente conhecera, mas ainda andava de um jeito meio vulnerável. Como se estivesse prestes a pedir desculpa por um erro que não havia cometido ou algo assim. Parecia estar sempre pronto para apaziguar ânimos exaltados, com aqueles olhos arregalados e a voz quente de pastor de igreja. Isso se ele não fosse tímido, do tipo caladão. Na hora agá, as palavras, por mais simples que fossem, lhe escapavam.

Quanto a mim, convocado apenas para dar o devido suporte ao amigo, estava me esforçando para tranquilizar o pessoal da fila sobre a agitação de Remi com o meu olhar "profundamente consternado". Mas, no fundo, me sentia profundamente desconfortável, isso sim. Usava a máscara como um homem condenado precisava suportar as algemas.

Tenho 21 anos e já estou apto a ser trancafiado, não apenas pela idade, mas também por umas transações que andei fazendo aí nos últimos tempos, vendendo bagulho para uma seleta clientela. Então, antes que encontrem meu retrato na parede de uma delegacia, vou logo dizendo que só tenho mesmo a cara de durão.

Sou sujeito franzino, mais alto que a maioria, e costumo andar meio curvado, o que me rende infalíveis dores nas costas. Gostaria de ser menos branquelo. Tenho o cabelo encaracolado, praticamente a mesma vasta cabeleira que meu pai gostava de ostentar quando era mais jovem. Olhá-lo nas fotografias antigas é como se eu tivesse sido transportado para um tempo muito distante, uma outra vida, da qual não me lembrava direito.

– A gente vai acabar congelando aqui – reclamou Remi, inconformado.

O ar-condicionado da agência estava ligado no máximo. Enquanto aguardávamos, rigorosamente em cima da linha amarela pintada no chão de cimento, respeitando a distância para a velhota à frente, Remi suplicava aos céus que pudesse ao menos poder tocar a mão de Jane.

Naquelas circunstâncias, era um desejo bem complicado de se realizar. O mundo em que estávamos agora mergulhados era regido por protocolos e precauções. Mas Remi era um otimista. Tudo o que ele precisava era um toque. Um roçar de dedos já seria o bastante.

– A Jane parece preocupada hoje – disse Remi.

Até ali, para mim, ela era Janete. Tinha visto seu nome gravado no crachá, quando ela precisou sair do guichê por algum motivo, e a velhota à nossa frente a alcançou para tirar informações. Minha primeira impressão da garota foi a de alguém que exalava um certo enfado. Uma insolência involuntária, que ela não conseguia esconder. Poderia ser apenas o cansaço (a velhota não parava mais de fazer perguntas). Remi parecia ter prendido a respiração, enquanto eu aproveitava para observar a Jane mais de perto.

Era uma mulher que rondava os 30 anos, talvez menos, talvez mais. Magra, não muito alta, elegante de um jeito que parecia bastante natural, o que só podia perceber agora, naquele momento, com ela de pé ao nosso lado, ofegando sob uma máscara acinzentada. Certamente era bonita. Do guichê, parecia uma ninfa aprisionada, o rosto redondo à espera de um retratista que viesse lhe furtar sua graça. Os olhos negros eram um tanto apertados e meio tristonhos. Os cabelos encaracolados tinham mechas artificiais de um louro escuro, presos num coque, deixando que a gente vislumbrasse sua nuca graciosa.

– Jane? Então vocês já conversaram? Quando isso aconteceu?

– A gente nunca se falou.

– Sério?

– Pois é. Mas é como se eu conhecesse ela a vida toda.

– Para de ser comédia. Você nunca viu a boca dessa garota, Remi. Já pensou nisso, mano? Já pensou que ela pode ter um dente amarelado ou um lábio torto. Um bigode. Na moral, ela poderia ser sua mãe.

– Não exagera.

– Cara, você não sabe nada dela.

Como havia apenas Jane e mais outra mulher trabalhando nos guichês – o que já estava causando uma certa aglomeração na fila – nossa chance de sermos atendidos pela garota era de cinquenta por cento. Demos sorte.

– Faz tempo que não aparece um desses por aqui – ela disse, ao recolher o vinil com mãos delicadas, protegida do outro lado do balcão por uma grossa placa de acrílico. Sua voz era firme e agradável.

– Um Guns´n´Roses? – perguntei.

– Um disco.

Abominei aqueles olhos estreitos e aqueles cílios pronunciados por me fazerem parecer ridículo. Mas não deixei o pouco caso dela me abater.

– Pois é, saiba que se trata de uma relíquia. E, por favor, não deixa ele muito tempo no depósito, senão acaba empenando.

Como Remi permanecesse calado, coube a mim voltar a falar, tentando puxar conversa:

– Agora falando sério, é tão difícil assim aparecer um vinil? Há quanto tempo você trabalha aqui?

Ela nos olhou de soslaio, mas não respondeu. Remi reagiu mal à minha ousadia. Lançou-me, por cima da máscara, um olhar de reprovação.

– Ah, não sei dizer – ela finalmente respondeu – Muito tempo – continuou, econômica nas palavras.

Deu mais uma olhada na capa do disco, com ar curioso, antes de etiquetá-lo.

– Não é meu tipo de música. Essa mulher… ela tá tão… desesperada…

"Não diga, seria, talvez, por que ela está prestes a ser destroçada por um robô assassino?", pensei.

Finalmente Remi quebrou o silêncio.

– Que tipo de música você gosta?

– Música de louvor. A que a gente canta na igreja.

– Que legal. Também sou da igreja – ele respondeu.

E era mesmo, apesar de ele não dar nenhuma pista daquilo. O pai de Remi tinha se tornado da noite para o dia um pastor, em algum lugar no interior do Paraná. Mas a garota não esboçou reação. Com exceção da voz, Jane não era exatamente uma criatura agradável, à primeira vista. Mas parecia esperta.

Despachamos o Apetite pela Destruição e voltamos para a colina, deixando Jane para trás. Aparentemente, Remi estava satisfeito com aquela primeira abordagem. Tinha encontrado um ponto em comum com a garota.

– Vem cá, você não tem ninguém pra namorar lá na sua igreja?

Remi olhou pra mim, mortificado. No final das contas, depois de todo aquele tempo dispendido só para conseguir dois minutos de conversa, a garota dele não me pareceu do tipo que valia o esforço.

A Doutrina Barba

Nossa casa ficava próxima do cemitério, em uma esquina tranquila, perto de um grande reservatório de água que ocupava todo um quarteirão com seus muros. Sobrados de dois andares eram mais ou menos o padrão naquela área, alguns menos e outros mais conservados. O nosso, como disse, era certamente o que estava mais distante de causar uma boa impressão.

A casa parecia estar sentindo a falta de papai. Ganhara nos últimos meses outras marcas que vieram se juntar aos vestígios de deterioração acumulada há tempos. A pintura descascada. Os muros sujos de barro da chuva. A frente diante da varanda repleta de mato. O telhado em petição de miséria. A chegada de Remi só fez acentuar o caos a que estávamos habituados.

Dentro da casa, a situação não era muito diferente. Apesar de passar boa parte de sua vida confinado ali, papai nunca se aventurara a fazer alguma reforma. Mesmo antes da pandemia, ele gastava muito pouco do seu tempo longe dos seus domínios. Pra dizer a verdade, há pelo menos uma década os convites para fazer shows ou qualquer outra aparição como músico de apoio eram cada vez mais raros. E, nos últimos tempos, se algum convite surgisse, ele recusava. Preferia passar o tempo com pequenas distrações. Mas, de vez em quando, antes mesmo da pandemia, abrindo uma exceção e contrariando seu isolamento, resolvia dar uma caminhada para encontrar o velho sambista que se refugiava ali perto, no bar do Contrafilé, todas as noites de segunda-feira.

Para irritá-lo, assim que colava no lugar, papai se acomodava numa das cadeiras trazidas pelo Contrafilé em pessoa e contava uma de suas velhas histórias de bastidores do rock, provocando não mais que um bocejo do compositor, confortavelmente instalado do outro lado da mesa. Como contragolpe, o velho, que também era zoólogo, ajeitava o chapéu panamá e falava, mastigando as palavras, sobre as reviravoltas plausíveis durante o acasalamento dos répteis. Depois daquele desdém recíproco, os dois apertavam as mãos e papai voltava para casa, satisfeito.

Com a chegada de Remi, papai se animou consideravelmente. A vitrola dele voltou aos tempos de glória e se via cada vez mais requisitada também pelo nosso hóspede. Não eram raras as audições num volume acima do desejado pela respeitável vizinhança. O importante, segundo ele, era "deixar fluir a parada". Aqueles dois tinham várias formas de deixar fluir a parada juntos, começando pela música.

Papai passou a falar, em tom de brincadeira, que sairia em turnê assim que a pandemia acabasse. Naqueles meses, com Remi sempre ao seu lado, ele deixou de ser um senhor de sorriso débil. Estava disponível em tempo integral. E Remi parecia despertar no velho o ânimo perdido. Tornara-se um anfitrião generoso e vivaz. Andava até se perfumando às escondidas. Para minha surpresa, se tornou figurinha fácil nas rodas de conversa da rua em noites de calor. Alguns juntavam cadeiras na calçada e, com a devida distância, nem sempre respeitada, jogavam conversa fora. Papai começou a frequentar a rodinha.

Até mesmo de bate-papo com a nossa vizinha reclamona ele era capaz de ser flagrado, em seus últimos dias. Vangloriou-se, para horror da mulher, que havia sido advertido pelo menos umas cinco vezes ao andar por aí sem máscara. E era verdade. De vez em quando ele metia um louco. Em uma dessas ocasiões, foi comprar maionese e deixou um dos chinelos no supermercado, depois que o sistema de som do lugar atacou algum dos clássicos que ele gostava e o impeliu a dançar. Suas incursões, porém, se restringiam aos limites do bairro. Ele tinha até um refrão para aquela mania, adaptado de uma música dos Beatles: *I like to be in* Cambuci.

Uma vez, Remi tentou convencê-lo a irem juntos até a Galeria do Rock, numa daquelas janelas em que as autoridades haviam permitido abrir as lojas. Mas ele se recusou, alegando que tinha pelo menos mil e quinhentos discos dentro de casa, e não precisava se arriscar a pegar o elétrico para ir até o centro, só para ver numa vitrine os discos que ele já tinha.

No fundo, apesar de querer mostrar indiferença ao vírus, ele temia ser infectado. Tinha horror a hospitais e enfermarias. Lembro-me vagamente de a gente voltar um dia para casa, depois de uma tarde inteira enfiados num hospital. Foi na época em que perdemos minha mãe. Papai ficou em frangalhos. Dava pena olhar pra ele. Alguma alma caridosa começou a cuidar de mim, então ele pôde ficar cada vez mais tempo ao lado de mamãe, até ela falecer e se tornar uma figura esquecida nos retratos na parede, entre o quadro com a capa do *Hard Day´s Night* e o pôster do Elvis em Las Vegas.

A fotografia sépia dela – olhar sereno e cabelos louros caídos sobre os ombros – era o único objeto na casa capaz de provocar uma reverência silenciosa em mim ou em papai. Eu era uma criança e, durante muito tempo, só conseguia me recordar do sofrimento dele.

O velho se superava ao engatar aquelas conversas com Remi:

– Tava no hotel, no quarto que eu estava dividindo com o Pepeu Gomes, quando a Baby chegou e…

– Pai, o senhor nunca dividiu um quarto com o Pepeu Gomes.

– Copacabana Palace, Rock´n´Rio dois. Tinha congestionamento de músico gringo na piscina.

Então, quando menos se esperava, veio o milagre: ele voltou a tocar. Coisa que não fazia há uns cinco anos. As guitarras estavam quase mofando no andar de cima. Naqueles dias, ele nem precisou de todo aquele peso para voltar a praticar. Simplesmente pegava o violão Gibson preferido dele e o dedilhava durante pelo menos uma hora, todos os dias.

À medida que retomava o entusiasmo pelo negócio, ele resgatava as velharias que gostava de executar, coisas como *In my life* ou *Father and Son,* para deleite de um embevecido Remi, ouvidos atentos na cozinha.

Remi adorava música, mas já havia desistido do trompete, que ele uma vez pensou em tocar na igreja. Não levava jeito pra coisa.

Negócios na pandemia

Havia pelo menos mais uma pessoa nas redondezas que apreciava, secretamente, a música de papai: a vizinha reclamona. Quando ouvia o fiapo do som do violão lá fora, parava diante de nossa casa e se quedava por ali, como se esquecesse do mundo.

Numa manhã ensolarada, poucos dias depois de nossa primeira ida ao correio, ela passou pelo portão. Da varanda, vi-a esticando o pescoço em direção ao céu, como se esperasse que papai voltasse do túmulo e tocasse *Here Comes the Sun*. Logo a mulher voltou a si e começou a conversar com Remi, que estava de saída para se enfiar, mais uma vez, na agência onde Jane trabalhava. Ele conseguiu se desvencilhar com um certo esforço da reclamona, a máscara dela abafando a voz enfadonha. Certamente fora atiçada pela curiosidade de ver mais um vinil da coleção de meu pai nas mãos de Remi, o terceiro que iria despachar no espaço de duas semanas.

Ele tinha comprado plástico bolha e preparado um papelão fino para acondicionar os discos (provavelmente o Apetite pela Destruição não conseguira chegar intacto ao seu destino, como imaginei). Sua natureza íntegra o compeliu a iniciar uma lista dos títulos que estava encaminhando como desculpa para ver a Jane. A relação escrita por ele tinha três nomes até ali:

– Guns'n'Roses / Appetite for Destruction
– Rolling Stones / Let it Bleed
– O disco com a vaca na capa.

Mas todo aquele esforço por enquanto tinha sido em vão. Remi me contara a sua última estratégia: deixou de escrever o endereço no pacote a ser despachado. Precisou ditar onde morava para a Jane, e até teve a chance de enaltecer as belezas do lugar, mas ela ficou pianinho. Não esboçou nenhuma reação. Continuava incólume às suas investidas.

Remi começou a descer a ladeira em direção ao largo do Cambuci, enquanto a vizinha partiu pelo lado oposto. Me adiantei para conferir se havia alguma correspondência, mas a caixa estava vazia. Só então reparei que o Medina estava por ali, vindo em minha direção. Com nossa correspondência entre os dedos.

Para uma pandemia, eu andava recebendo muitas visitas dele ultimamente. Acontece que o Medina não ia ficar esperando um cientista do outro lado do planeta descobrir a cura para o vírus, não mesmo. Não que ele fosse contra a possibilidade de que substâncias miraculosas fossem injetadas no seu corpo (o Medina é cabeça-feita nesse tipo de parada). É que ele simplesmente não queria mudar sua rotina. É do tipo que gosta de circular, então esse lance de isolamento era um fardo pra ele.

Tem muita gente que se comporta assim, gente que não bota fé na ciência, nem no álcool gel, muito menos no presidente e todos os seus ministros e militares. Eu também não queria saber se aquele metido a valentão lá em Brasília tava liberando ou não a porra da vacina. Era um livramento não ter esse tipo de preocupação.

Enfim, um dos lugares em que o Medina gostava de exercitar a desobediência contra o confinamento era a nossa casa.

– Olha, Ben, eu trouxe sua correspondência.

– Deixa minhas coisas em paz, Medina. Esse truque é mais antigo do que andar pra frente. Não vou deixar você entrar em casa.

– Ei, eu tava brincando. Trouxe o computador também. Do jeito que você pediu.

Ele era um sujeito baixinho, olhos claros, meio dentuço, a barba sempre por fazer, o cabelo cortado rente nas têmporas e o cocuruto farto de pelos. De vez em quando ele usava aquele expediente para ter uma desculpa e entrar na casa. Eu era o fornecedor de maconha do Medina. Nem sempre deixava ele escolher o fumo dele *in loco*, na boca do caixa. Às vezes, mandava meu cliente especial aguardar na esquina. Mas, naquela manhã, eu tava suave. E o Medina trazia algo para mim – computador com centenas de músicas gravadas, adaptador, fone e cabo. Um kit essencial para um DJ iniciante.

Meu bom humor, porém, só durou até o momento em que conferi a correspondência. Abri caminho entre um amontoado de discos deixados pelo Remi na sala, enquanto lia o que o Medina me entregara. Mais uma carta da prefeitura cobrando impostos. Outra carta da incorporadora, querendo fazer uma oferta pelo terreno onde vivíamos. Sabia, pela vizinha reclamona, que todo mundo naquele pedaço do quarteirão já tinha vendido suas casas e arrematado uma grana.

Assim que entrou atrás de mim, Medina deixou o laptop de lado e disparou a falar. Nem precisei dizer nada, ele logo se acomodou sem cerimônia no sofá, onde eu havia largado o jornal do bairro com a notícia sobre o homem que despencou do hotel. Aparentemente, ninguém sabia ao certo se ele havia se jogado ou se alguém queria dar fim dele e decidiu empurrar o sujeito janela afora.

– *Abbey Road* foi o último disco gravado pelos Beatles, mas saiu antes do *Let it Be.* Sabia disso? Sinistra aquela capa, não? Eu acho que a gente consegue fazer uma selfie parecida ali na rua detrás do cemitério. Tem até um fusca branco abandonado lá, dando mole. Eu vou ser o Paul, vou sair descalço na foto, você pode ser o George, com essa camisa jeans velha, mas não conheço ninguém que tenha um terno branco como o do John, você conhece?

Aquele era o tipo de papo que o Medina gostava de ter comigo, antes mesmo de fumar o baseado. Por natureza, já era meio treze das ideias. Ele achava que eu, por viver no meio de tantos discos, era uma enciclopédia musical. Meu pai também se sentia um pouco frustrado pelo meu desinteresse por discos, gravações e outras paradas que ele amava. Mas nunca me falou nada a respeito. O que era um alívio. Estou plenamente convencido da minha falta de talento nessa área. Não tenho jeito nem ao menos para segurar um pandeiro. Nem a cantar eu me arrisco.

Sou muito desafinado. E só usava a vitrola de papai para ouvir *Atmosphere* e *Disorder*, do Joy Division.

– Fez o que eu te pedi? – perguntei ao Medina.

– Tá tudo aí no laptop gravado, mano. Todas as músicas que você pediu. É só conectar e dar o play. Não falei pra você que ia desenrolar a parada? Então, posso ir com você hoje à noite?

– É, pode ser.

O Medina estava me dando uma força no lance da discotecagem. Ele tinha também planos de marketing e promoção para o DJ Ben do Cambuci – "imagina só o que vai chover de mulher, véio" –, mas, por enquanto, só estava contribuindo com a parte técnica.

Outra área em que o Medina gostaria de atuar era me ajudando a passar fumo. Ele já tinha na ponta da língua os preços da mercadoria – cinco reais o grama, ou cem reais o prensado padrão – e jurava ter uma carteira de clientes com potencial de consumo muito promissor. Mas os planos de empreendedorismo dele não duravam muito. Uma nova ideia logo surgia, e ele começava a se dedicar com afinco à empreitada do momento, sem que concluísse o antigo projeto.

– Sério cara, onde a gente pode arranjar um terno branco? O seu pai não deixou nada aí, no guarda-roupa?

Uma casa suspeita

Acordamos em uma manhã no final de setembro com uma rara chuva de grossos pingos e um par de goteiras no andar de cima, na sala dos instrumentos. Fui fazer uma rápida inspeção. Eu e Remi dificilmente entrávamos naquele cômodo. O trompete dele jazia a um canto. Olhei para o teto enrugado, admirei por um instante o ponto onde a água estava acumulada e virei as costas.

Naqueles dias, um disco começou a tocar muito logo cedo, à medida que Remi se sentia mais e mais enamorado da Jane: The Best of Van Morrison. A música que ele botava para ouvir era *Brown-Eyed Girl*. Até ali eu poderia dizer que gostava daquela canção. Depois disso, aquela guitarrinha mequetrefe começou a me irritar.

À tarde, separei alguns discos de new wave e pós-punk. Saquei também o Joy Division, e juntei tudo numa sacola com o computador que o Medina trouxera. Tinha compromissos profissionais naquela noite e precisaria daqueles discos.

O evento era nas redondezas. Havia um casarão muito mais conservado que a maioria dos outros sobrados, um tanto retirado, na esquina de uma viela de paralelepípedos. A frente tinha tijolos aparentes, vidro escuro e muitos arbustos. O que não estava aparente era o isolamento acústico. Ali, desde que ficara nítido para todo mundo que baladas estariam proibidas, funcionava um *club* clandestino.

O segurança daquele inferninho se chamava Montanha e fazia jus ao nome. Para disfarçar, ele não ficava o tempo todo na frente da casa. Costumava circular ao redor do sobrado, as mãos no casaco que ocultava o rádio com que ele se comunicava com seu assistente lá dentro. Encontrei o grandalhão a poucos passos da entrada naquela noite e o cumprimentei com uma das mãos. Com a outra, carregava a sacola de alças, feita num tecido cheio de cores, onde havia enfiado os discos e o computador emprestado do Medina. Tinha uma lua gigante no céu.

Montanha me respondeu com um aceno, meio desanimado. Para ele, aquela era apenas mais uma noite de trabalho. E para mim também.

Lá dentro, a casa tinha dois pavimentos. Um grande salão, sem paredes, desembocava nas escadas ao fundo, que davam acesso ao andar de cima. Meu posto era logo à entrada, de onde podia ver todo o movimento à frente. Todo o lugar cheirava a mofo e à lavanda do desinfetante que algum miserável jogava no chão durante o dia, na tentativa de disfarçar o odor de cigarro e os vestígios de um grande arsenal etílico, consumido em abundância.

Quem dava as cartas ali era um sujeito chamado Frazão. Aqueles que sabiam do seu histórico podiam enumerar um monte de atividades das quais Frazão muito se orgulhava, mas basicamente ele se apresentava como empresário da noite. E as noites que ele gostava de empresariar sempre envolviam garotas – rumores indicavam que era sócio da boate Extremu´s, a poucos metros dali, que deveria permanecer fechada, mas nem sempre aquilo era respeitado. Ambas as casas ofereciam muita bebida e, se você soubesse para quem perguntar, algum bagulho que pudesse ser absorvido pelas narinas do Frazão e de seus convidados. Cocaína, cristal ou ecstasy, o cardápio era variado. O cara era o pica de tudo o que estivesse à disposição para dar um grau nas ideias.

A música em alto volume também fazia parte do pacote, mas ele não fazia questão de investir muito nessa área. Por enquanto, naquelas festas clandestinas que andava promovendo na casa suspeita, eu era o responsável pelo som. Não propriamente um DJ, apenas cuidava de botar os discos e manusear botões, o suficiente para preencher o lugar com música, enquanto os convidados do Frazão se ocupavam em beber, fumar, cheirar e mostrar diferentes graus de entusiasmo no meio daquela confusão toda.

Frazão gostava da balbúrdia. Tinha cabelos negros fartos e um rosto grande, que provavelmente nunca tinha sido confrontado com uma máscara na pandemia. Naquela noite, mais ou menos uma hora depois da minha chegada, ele passou em frente à pickup, abraçado a uma garota, para me dar um recado:

– Ei Ben, esse seu som não tá agradando. Vê se acha alguma coisa diferente pra tocar da próxima vez.

– Alguma coisa tipo o quê? – gritei.

– Qualquer coisa, menos a velharia que você anda tocando. Esse som tá miado.

Para ele, *Love Will Tear Us Apart* não funcionava numa pista de dança. Saquei o *Rock the Casbah*, do Clash, e emendei com uma do B-52s, *Deadbeat Club*. Ao longe, do fundo do salão, ele fez sinal de positivo com o polegar.

Frazão estava faturando horrores e o máximo que me pagava, quando bem-humorado, eram 100 reais. Estendia a nota como se estivesse me fazendo um grande favor. Se me flagrasse tomando alguma bebida, descontava dos honorários. Só faltava mesmo me cobrar pelo uso das pickups que trouxera de alguma outra balada que ele patrocinava. Eu estava surpreso que ainda não tivera aquela ideia. Era o maior filho da puta que já tinha conhecido. Mas eu precisava daquela nota.

O mandachuva sumiu lá dentro da casa, provavelmente a caminho de um dos quartos que reservava para ele e os clientes vips darem o *fatality*. O irmão mais novo do Frazão, um sujeito irritante a que todos chamavam Rick, pau no cu nível hard, tinha vindo com aquela história na noite passada: os quartos do andar superior estavam reservados para o *fatality*. Podia imaginar o que seria o tal *fatality*, mas de uma coisa tinha certeza: Rick, com os modos de galanteador barato, o mesmo cabeção do seu mano e aqueles cabelos lustrosos, era o segundo maior filho da puta que eu já tinha conhecido.

Um rosto familiar se aproximou.

– Porra, Medina, o que você tá fazendo aqui? Fiquei te esperando.

Ele sorriu, encabulado.

– Um outro parceiro me trouxe. Mas agora não sei onde ele se enfiou.

Medina era cheio de parceiros, mas eu nunca havia conhecido nenhum deles. Por um instante, lembrei do dono da academia, ao lado do Jura Tempestade, falando que eu era parceiro dele. Encontro sinistro, aquele.

– Que foi Medina? Tá boladão por quê?

Ele parecia fora de sintonia. Era um doidão tranquilo, que só de vez em quando pirava além da conta. Ficou por ali, enquanto eu discotecava. Deduzi que ele preferia ficar assim, de bobeira, do que encarar a turma que desfilava na festa. Era um povo que rachava o bico por qualquer besteira. Estavam entornando como se o álcool deixasse de existir no dia seguinte. Uma e meia da manhã e já havia pelo menos meia dúzia de sujeitos e uma garota fora de combate. Uma força-tarefa do pessoal do Frazão havia sido convocada para recuperar pelo menos a garota, com goles de água e abanos em torno da cabeça dela.

– Tem mais daquela erva? Aquela? A brava?

– É sério isso? A gente tá praticamente dentro de uma névoa de maconha e você vem me pedir erva? Aí você quebra minhas pernas.

– Aquele pessoal me ofereceu – ele disse, apontando para uma turma em torno de um narguilé – Mas não estou a fim de ficar cheirando aquele troço. Sem falar que vi um cachimbo estranho rolando lá atrás.

– Sem chance, mano. Passa amanhã lá em casa – respondi, enquanto apertava uns botões na pickup.

Coloquei *Back on the chain gang*, dos Pretenders, para tocar e ver se alguém se animava a pelo menos chacoalhar o esqueleto. Ninguém se importava. Na moral, eu podia botar uma gravação com monges tibetanos, que dava na mesma.

A música se perdia entre risos e o falatório de vozes alteradas a cada mínimo estímulo, a cada torpe excitação.

– Aí, me faz um favor, Medina...

Em resposta, ele esticou o pescoço.

Aproveitei que Medina estava por ali e programei um intervalo. Ensinei o básico para manter o som na ativa durante uns dez minutos, passei o fone de ouvido para as suas mãos e deixei a casa para fumar lá fora.

Nenhum vestígio do Montanha. Mas, na rua de paralelepípedo, estacionado na lateral, havia alguém que eu conhecia.

– Entra no carro, garoto.

Um estranho, vestido com uma jaqueta de couro, deu a ordem. Ao lado dele, empertigado, estava o detetive Eurico. Reconheci a figura de imediato, e logo me veio o alarme: os tiras estavam rondando o lugar.

– Entra aí atrás, Benjamin – disse Eurico.

Fiquei admirado por ele lembrar do meu nome.

– Acho bom dar uma geral nele antes – alertou seu parceiro.

– Não precisa revistar. Conheço o garoto.

Abri a porta traseira e me acomodei. Os dois entraram no carro pelas portas da frente e viraram o pescoço em minha direção. Como todo mundo na festa, nenhum deles estava usando máscara. O detetive Eurico mascava chiclete. Era um sujeito sessentão e quase completamente careca, os cabelos grisalhos sobre as orelhas. Seu parceiro era pelo menos uns vinte anos mais novo. Tinha o rosto quadrado e os olhos vidrados de um vigia que precisa tomar algum estimulante para se manter de pé.

Uma vez o detetive Eurico tinha ido até nossa casa. Estava às voltas com um assalto pesado nas redondezas e queria saber se meu pai tinha visto algum movimento estranho. Ficou um tempo em pé, admirando as estantes de discos. Lembro também de ele ter vindo com um papo metido a espirituoso sobre semelhanças entre a música e uma investigação.

Investigar, ele disse para meu pai, era como ser convidado para dançar uma música lenta. Era preciso ser paciente e estar sempre atento ao próximo passo. Na maior parte do tempo, você ficava pianinho, mas, no momento decisivo, você precisava sacudir a mulher que havia puxado para o baile. Alguma coisa assim. O que me impressionou mesmo era o jeito como o detetive combinava um terno listrado com a calça marrom. Dessa vez, não havia dado tempo de conferir se ele ainda mantinha aquele estilo.

Olhei de novo ao redor para checar se o Montanha estava por perto, mas não vi sinal dele.

– O que temos aqui, Benjamin?

– Não sei, me fala o senhor.

– Para de palhaçada – rebateu ele, com firmeza, para satisfação do parceiro. Alternava paciência e impaciência: não era tão calmo como gostaria de ser.

– Vou te dizer o que está rolando aqui, filho. Vou facilitar pra você.

Fiquei imaginando onde diabos o detetive Eurico levava a arma. Depois – bem depois, aliás – percebi que não estava atinando para a gravidade da situação.

– Você não sabe do que o ser humano é capaz, filho. Do que andam fazendo nessa porra de pandemia.

O detetive olhou adiante, para os paralelepípedos da rua, e começou a relatar as histórias que ele andava presenciando. A madrugada de desajustados persistentes. Gente que invadia escolas, agora fechadas, para roubar computadores e queimar livros. Homens que se suicidavam pulando do segundo andar. Mães que matavam os filhos antes que eles morressem de fome. Filhos que envenenavam os pais. Hospitais lotados, gente morrendo nos corredores, sem chance de reagir. A pandemia era impiedosa. Ninguém estava imune. E tubarões como Frazão e outros sujeitos que se consideravam acima da lei continuavam faturando com miséria e degradação.

Naquela altura, ao mencionar o nome do chefe da festa, Eurico cuspiu o chiclete.

– O senhor vai me prender?

– Não se trata disso.

– Vai invadir a festa?

– Isso é trabalho para fiscal da prefeitura, não de um detetive. O que eu procuro é o sujeito que armou essa espelunca. Quero pôr as mãos nele.

– Frazão?

O detetive Eurico apontou para o parceiro.

– Vou te dizer o que a gente vai fazer. Na próxima festa, você vai entrar com o Rubinho aqui. Deixe o resto por conta dele. Diga que ele é seu assistente.

– Mas eu não preciso de um assistente.

Os dois investigadores se entreolharam.

– Vai ser assim ou então eu e o Rubinho vamos te visitar durante o dia no horário de expediente, quando você estiver fazendo seus negócios particulares.

Rubinho sorriu por um momento, até que o detetive Eurico disse algo que me deixou com a pulga atrás da orelha:

– Eu mesmo viria para ver com meus próprios olhos, se não tivesse tão ocupado com esse negócio do hotel Refúgio.

– Já te disse, só precisamos de um relatório – reagiu Rubinho, antes de murmurar:

– Velho teimoso...

– Eu? Teimoso? Você não vê que...

Por um lapso de tempo, os dois esqueceram que eu estava ali e começaram a discutir, um desacordo que envolvia a investigação do homem que despencara do hotel. Pelo tom áspero daquela conversa, nada havia sido solucionado.

Finalmente o detetive Eurico me mandou sair do carro.

– Próxima semana, garoto. Eu e você. Vê se desenrola – disse ainda Rubinho, antes de desaparecerem na esquina.

Girei nos calcanhares. Andei três passos e dei de cara com o Montanha, obstruindo minha passagem.

– Quem são seus amigos?

– Esses caras? Meus clientes. Sabe como é, né?

– Se o chefe descobre que você anda passando fumo na festa dele...

– Ah, qualé, Montanha? A gente tem que se virar. E nem estou dentro da porra da festa dele.

Ele me deixou passar, mesmo contrariado. O que era uma sorte, pois não era nada agradável ver o Montanha furioso. Vi ele uma vez arrastar um sujeito pelo salão agarrado nos cabelos até a rua. Melhor não dar mole.

– Vem cá. Você andou vacilando com a polícia? – disse para o Medina, já de volta à festa.

– Eu? Tá louco, véio? Por que tá perguntando?

Não estiquei o assunto. Na verdade, havia decidido naquele instante voltar logo pra casa. Não ia esperar a noite terminar no meio daquela balbúrdia. Frazão e Rick tinham sumido. Ninguém daria pela minha falta.

Saímos, Medina e eu, sob o olhar atento do Montanha, mas ele não veio tirar satisfação. Estava ocupado falando no rádio com alguém. Próximo ao cemitério, Medina se despediu. Tinha, segundo ele, uma galera para encontrar lá dentro, entre os túmulos. Se tivesse alguma alma viva em busca de diversão na madrugada do bairro, o Medina estaria entre elas.

Olhei para o céu, agarrado aos discos, e achei que a lua estava ainda mais gigante do que antes. Bela, brilhante e sedutora.

Encontrei Remi na varanda, ainda acordado, também olhando para o céu. Estava com falta de ar. Mas quando cheguei, tentou disfarçar o incômodo. Não demorou muito para entrar no seu assunto preferido naqueles dias, confessando que pensava em Jane e no mistério que aquela máscara acinzentada dela escondia. Eles já haviam se falado duas ou três vezes, afinal, no intervalo do trabalho da garota, mas o resultado da conversa não havia sido lá muito animador.

– Eu acho que ela ri de mim. Me acha um bobo – revelou, por fim, arrancando as palavras com certo esforço.

No dia seguinte, sem ainda estar curado da paixão por Jane, ele caiu doente com o maldito vírus.

À procura de Jane

Em um determinado momento, semanas antes de ir para a UTI de um hospital, Remi havia começado a trazer plantas para casa. Antes disso, assim que ele se instalara, fiquei com receio de que ele adotasse um gato. Tínhamos aversão, papai e eu, a animais de qualquer espécie. Mas no final, Remi escolheu as plantas. Primeiro acomodou suas flores e trepadeiras no jardim, depois passou a levar os vasos e copos plásticos cheios de terra diretamente para o cubículo onde ele dormia. Não demorou para que o lugar logo tivesse mais folhagens do que móveis.

Olhei demoradamente para as plantas espalhadas pelo quarto dele, antes de rumar para o hospital. Remi tombara com a Covid. Já tínhamos visto aquilo antes, com meu pai – uma febre malsã, o esforço dos pulmões buscando o ar rarefeito. Remi estava internado em algum quarto no hospital do Ipiranga, o mesmo lugar de onde papai saíra dentro de um caixão para ser enterrado, mais sozinho do que nunca.

Sem velar o corpo, ninguém pôde lamentar sua partida.

Se pudesse, eu iria visitá-lo todos os dias. O caso de Remi não era grave, pelo menos por enquanto. Mesmo assim, não deixavam a gente subir até a UTI dedicada aos pacientes com Covid. Toda vez que eu colava no hospital eles diziam que eu podia conversar e checar seu estado pelo celular. Mas eu andava sem grana. Não tinha créditos, nem plano de internet para fazer a conexão pelo aplicativo (meu pai ficaria orgulhoso: ele nunca gastou um tostão com internet; era algo de se admirar).

Então enfrentava uma caminhada de quase uma hora e insistia, sem sucesso, para vê-lo pessoalmente.

– Deixa eu subir lá, vai? É dois palito.

Na terceira tentativa (mais uma vez frustrada), enquanto aferiam minha temperatura antes de entrar nos elevadores do hospital, decidi fazer de vez algo que estava rondando minha cabeça naqueles dias: procuraria Jane. Queria ver o sorriso dela.

Remi insistia que tal sorriso seria, no mínimo, encantador, mas eu não estava convencido. Provaria então minha tese de que ela não tinha encanto nenhum debaixo da máscara acinzentada, e teria alguma novidade para contar ao Remi.

Imediatamente, porém, me acometeu o sentimento oposto, a vontade de que Jane tivesse, de fato, o sorriso mais extraordinário do Cambuci. Isso certamente reanimaria meu amigo. Então aquela agora seria minha missão. Mas não daria a letra ainda para o Remi, pelo menos por enquanto.

Como conseguiria convencê-la a tirar a máscara? Sabia muito pouco sobre a garota, apenas o que Remi conseguira descobrir. E Remi estava fora de combate. Ele podia me dar umas recomendações sobre esses lances de igreja, algo que pegasse bem na hora em que me aproximasse dela.

Isso se o Remi realmente prestasse atenção nos sermões do pai dele, o que eu desconfiava ser pouco provável.

Resolvi que o melhor a fazer era investigar secretamente os passos da garota longe da agência. Se eu pudesse ligar para o detetive Eurico e pegar algumas dicas, mas obviamente isso estava fora de cogitação. Não queria conversa com ele e a polícia até a próxima festa, que, aliás, seria naquela noite mesmo, quando teria que cumprir minha promessa e entrar com o parceiro dele a tiracolo.

Fiquei esperando uma cota a liberação, mas o pessoal do hospital não quis saber de me deixar ver o Remi. Saí de lá na fúria, com um plano na cabeça: resolvi ir logo à procura de Jane. A *brown-eyed girl* do Remi.

Sha-la-la, la-la tee-da, lá vamos nós.

Àquela altura, ela estava enfiada dentro da agência. Quem ainda perde tempo com correio, eu estava me perguntando, enquanto aguardava lá fora, apostando minhas fichas que Jane sairia para esticar as pernas na hora do almoço. Não havia muita coisa do lado de fora para que ela se motivasse a dar uma caminhada, afinal, mas aquela era uma possibilidade.

A maior parte do comércio permanecia fechada ou funcionava precariamente. Tudo muito estranho. Bares e lanchonetes estavam de portas cerradas ou com faixas amarelas de isolamento estendidas, limitando a passagem, como se fossem cenário de algum crime cujas circunstâncias precisavam ser desvendadas. O restaurante que havia na esquina da agência de Jane estava aberto naquelas condições, e tinha um certo movimento.

Fiquei do outro lado da rua, montando guarda, esperando alguma aparição da garota. Lembrei de que ali mesmo, naquela esquina, havia uma banca de DVD pirata. Outro puxadinho vendia capa para celular, artigo que sempre achei dispensável. Mais adiante, um carrinho de pipoca ficava estacionado. Onde andava aquele pessoal? Estavam doentes? Internados?

– Quer bala?

A menina de nariz sujo me encarou. O nariz estava visível por cima da máscara, que parecia incomodá-la. Ela andava sempre por ali, vendendo dropes num tabuleiro. A pandemia não havia alterado sua rotina, a não ser pela redução de clientes.

– Você sabe do pessoal aí do correio? – perguntei.

– Sei não. Vai levar bala ou não vai?

– A que horas o pessoal do correio sai pra almoçar? – insisti.

– Sei não.

– Esquece...

– Me paga um lanche?

– Não tenho grana.

Ela deu de ombros. Sentou-se na calçada, com o tabuleiro de doces no colo, apertando os olhos por sobre a máscara, como se estivesse resolvendo um problema intrincado. Depois de algum tempo, voltou a dar sinal de vida:

– Quem você tá procurando?

– Não tô procurando ninguém. Tô suave.

A polícia passou nos encarando, na viatura. Meu nome já devia estar correndo nas delegacias, naquela altura do campeonato. Ou estavam na captura do Jura matador, vai saber.

– Quanto? – perguntei para a garota, tentando disfarçar o incômodo com a presença dos policiais.

Tirei do bolso as moedas que tinha (as notas, que não eram muitas, estavam reservadas para o acerto com o fornecedor da maconha que havia vendido na semana passada). Foi então que finalmente a Jane apareceu, do outro lado da rua. Para variar, com a máscara cinza que usava no trabalho. Parecia nunca se desgrudar dela. Se bobear, dormia com o rosto coberto.

Terminei de desembrulhar a pastilha que havia comprado da menina, enfiei-a na boca, coloquei a máscara e atravessei a rua, em direção à lanchonete.

– Ei, lembra de mim? – disse ao chegar no balcão.

Jane havia acabado de pedir cigarro e refrigerante. Ficou me observando entre surpresa e curiosa, com os mesmos olhos apertados que haviam me encarado no primeiro despacho com Remi, e que lhe davam um ar de superioridade. Com aquele cabelo eivado de mechas artificiais.

– Amigo do Remi. O cara dos discos – continuei.

– Ah sim, ele não apareceu mais.

– Ele viajou.

Tive ímpetos de dizer a verdade, que Remi estava doente. Talvez Jane não gostasse da ideia. Cair doente de Covid provocava medo e repulsa nas pessoas.

– Você não almoça? – perguntei, tentando segurá-la. O atendente do restaurante já havia entregue o pedido dela e voltado com o troco para uma nota de vinte.

– Trouxe de casa – ela respondeu, um pouco incomodada – Ninguém está saindo para almoçar.

Era verdade. Tinha esquecido desse detalhe. Um detalhe que ela jogou na minha cara com indisfarçado desdém.

Não conseguia entrar em sintonia com aquela garota. Era como se ela falasse outra língua. Talvez fosse a diferença de idade. Ela me achava muito novo. Um moleque, como Remi. Só podia ser isso.

Jane acenou para o atendente, que ficara de olho na nossa conversa, e se preparava para ir embora do bar. Usei um último recurso para tentar impedi-la:

– Sabia que meu amigo tá caidinho por você?

Aquilo provocou algum efeito nela. Quer dizer, com a porra da máscara, não podia saber ao certo se havia sorrido, mas os olhos brilharam. Porém, ela acusou o golpe apenas por um instante. Meu próximo movimento foi afoito e acabou com o encanto:

– Aceita tomar um café comigo?

Acho que estava ficando sem noção do atrevimento. A máscara me deixava corajoso. O atendente olhou diretamente nos meus olhos, indignado com minha audácia.

– Eu tenho que trabalhar – ela respondeu, saindo apressada e retornando para a segurança de seus selos e vales postais.

E assim minha primeira investida havia sido um fiasco. Para satisfação do atendente da lanchonete.

– Vai querer o café? – ele perguntou, curtindo minha humilhação.

Nem me importei em responder. Dei dois passos para fora do estabelecimento e topei com a menina dos dropes.

– Sabia que você tava esperando alguém.

Pelo visto, minha plateia não havia se resumido ao atendente.

– Tá me investigando por acaso? Você conhece ela?
– Conheço não. Vai uma bala?

Futuro incerto

Além do lance com a Jane, tinha negócios mais sérios para tratar naquela tarde. O fumo estava acabando, e eu precisava passar na casa do fornecedor para reabastecer. Tuca, o traficante, morava nas redondezas de um cortiço, não muito longe de onde havia encontrado a Jane. Mas não estava com vontade de encontrar o Tuca depois de ter levado o fora.

Em vez de seguir para o cortiço, voltei pela avenida no caminho oposto, subindo em direção ao condomínio onde a Sandra morava. Ela vivia sozinha com a avó, uma velha meio sinistra, num apartamento bem no topo de um espigão. Era um lugar metido a besta. Tínhamos que caminhar um trecho considerável após a portaria, sob o sol, até os elevadores.

Apertei o botão do décimo andar. A Sandra já estava me esperando. Da última vez que tínhamos nos encontrado, ela não tinha pintado o cabelo de verde. Mais essa agora. Eu não tenho sorte mesmo com o cabelo das mulheres da minha vida.

– Tá vivo? Nunca mais apareceu...

Somente o visual dela tinha mudado. A mobília metida a requintada do apartamento continuava a mesma, a sala repleta de tapetes, gatos de porcelana, quadros e estatuetas. A mesma coisa de sempre, inclusive a avó da Sandra, que parecia fazer parte da decoração, esparramada no sofá e lendo o mesmo livro eternamente. Cumprimentei-a de passagem, mas ela não moveu um músculo.

Sandra me levou pelas mãos até o quarto dela. Assim que a porta se fechou, ela se atracou no meu pescoço. Antes que o negócio evoluísse, tive que avisá-la:

– Tô limpo. Sem maconha nenhuma.

– Tudo bem...não...pera aí, eu não devia estar te beijando. Não sei por onde você anda. Eu não devia. Ah, dane-se... – ela disse, por fim.

Mas o ímpeto já havia se consumado. Soltou-se novamente de mim, dessa vez em definitivo. Ficou me encarando, um tanto horrorizada consigo mesma. Tinha duas grandes olheiras, que, em contraste com os cabelos verdes, davam-lhe um ar que era ao mesmo tempo lúgubre e desleixado.

– Não, não – tornou ela, arrependida – Mas que merda é essa que a gente tá fazendo.

– Xi, molhou. Sem maconha e, pelo jeito, sem transar também – reclamei.

– É sério, Ben. Não brinca com isso.

– Bom, a merda tá feita. Que tal se a gente...

– Espera. Não sai daí.

Disse isso e desapareceu pela porta. Então me acomodei por ali mesmo, primeiro dando uma olhada na parafernália que ela guardava no quarto. Eu não manjava muita coisa daqueles paranauês todos, mas calculei que ali tinha uma boa grana investida. Câmera, microfone com o globo do tamanho de uma maçã, mais um tripé e até um refletor, tudo cheirando a novo. Sandra tinha um outro nome na internet. Milhões de garotas a acompanhavam há anos, esperando seus conselhos ou simplesmente conferindo o que a Sandra andava fazendo.

Nunca tive curiosidade de assistir algum vídeo dela, mas, a julgar pelo que sabia daquela garota, era difícil entender onde Sandra encontrava tanta sabedoria pra compartilhar. Ela praticamente vivia dentro daquele quarto. E isso muito antes da pandemia. Talvez as dicas que distribuía viessem da avó. Daquele livro que a velhinha não largava nunca.

Como ela não voltava, resolvi esticar o corpo. A cama era muito confortável. Aliviava minha dor nas costas. Tava tão suave que cheguei a dormir. Acordei quando a Sandra voltou, enrolada numa toalha, os cabelos molhados. Tinha tomado um banho completo. Como se aquilo fosse resolver alguma coisa. Ficou desfilando pelo quarto, com ar absorto e as costas desnudas, brancas como esmalte cintilante. Tinha um belo corpo. Pensei que ainda estivesse ruminando a coisa do beijo, mas suas preocupações depois daquela ducha eram mais profundas:

– Você é feliz, Ben? Sonha com alguma coisa?

– Você quer dizer, um futuro?

– Isso. Um futuro.

Olhei ao redor, para o equipamento de influencer que a Sandra havia comprado, como se respostas estivessem gravadas na memória da câmera e fossem se materializar a qualquer momento.

– Bom, eu nunca pensei nisso. Mas se pudesse escolher, eu seria o Paul McCartney.

– Não é disso que eu tô falando.

– O Paul é um cara bonito, talentoso, viajou o mundo...

– Você não pode ser outra pessoa.

– Como assim, não posso? Você não é a Clara Constantine do You Tube?

– Isso é diferente.

Talvez ela tivesse razão. O fato é que, ao contrário de Sandra, a garota cabeça-feita que ensinava em suas transmissões nas redes sociais como evitar relacionamentos tóxicos e se arrumar para uma festa, eu não tinha todas as respostas. Mas o engraçado ali, naquele instante, é que ela parecia muito mais insegura sobre a resposta certa do que eu. Ela precisava da minha opinião. Minha opinião sincera.

– A natureza é sábia. Espere que a vida vai dar um jeito.

Sandra esfregou os cabelos esverdeados. Dobrou o pescoço para o lado e me encarou. Era cheia de truques. Anos à frente das câmeras tinham lhe proporcionado técnicas infalíveis na hora de se expressar.

– É, acho que você tem razão.

No final das contas, ela não me levava a sério. E eu gostava disso.

– Tenho um béqui preparado aqui em algum lugar – disse a garota, finalmente deixando a toalha de lado – Tive que comprar de um concorrente seu.

Ela encontrou o cigarro na gaveta do criado-mudo e o acendeu. Depois se deitou ao meu lado, ainda nua, e fumamos juntos o baseado, em silêncio. A tarde lá fora se esvaia, sob um sol alaranjado. Pensei em Jane. Sua máscara cinzenta. Seus cílios pronunciados. Seu cabelo com reflexo desbotado.

Na saída, a avó da Sandra estava do mesmo jeito na sala. Passamos por ela como se fôssemos invisíveis. Nada era capaz de perturbar aquela mulher. E ela estava certa. Afinal, que lugar no mundo seria assim tão imperdível para ser visitado naquela pandemia? Que pessoa era interessante o bastante para interromper uma boa leitura?

Sandra desceu para pegar a comida que havia pedido pelo telefone. O pacote com o lanche já estava esfriando na portaria. Voltou rapidamente para o apartamento, depois de se despedir com um simples "tchau, Ben".

Os portões do condomínio eram a sua fronteira, e ela precisava voltar depressa, a fim de gravar mais uma transmissão para os fãs.

Uma questão de fé

No final da tarde, as ruas ficavam um pouco mais movimentadas, seguindo um pouco da rotina de antes da pandemia. Quem tinha um emprego e precisava se deslocar até o posto de trabalho, voltava rápido para casa àquele horário. Era o caso de Jane.

Encontrei-a na saída da agência, ainda com o uniforme do correio. O uniforme completo, com máscara e tudo. Dessa vez, tentei uma abordagem técnica. Não sei de onde havia tirado aquela porra de ideia. Talvez o fumo da Sandra tivesse ingredientes secretos que expandiam a criatividade.

– Oi Jane – disse ao emparelhar repentinamente com ela na calçada, também com a máscara sobre o rosto – Queria saber se você acha cedo programar as encomendas de Natal. Com essa pandemia, os correios vão ter muito trabalho para entregar tudo e ...

Ela me olhou num sobressalto, aterrorizada.

– Tá me seguindo?

– Eu? Não, não é isso...

– Tá me seguindo, sim. Fica longe de mim.

Ela estava fazendo um escândalo. A rua inteira ficou em suspenso, olhando para a cena.

– Me deixa em paz.

Normalmente, não sou do tipo que gosta de aparecer. Mas depois que a Jane gritou, era como se eu estivesse usando a mais exótica peruca do Phil Spector. Todas as atenções na rua estavam voltadas para mim, enquanto a Jane disparava com os olhos arregalados, como se estivesse sendo perseguida por uma manada de búfalos. Foi o bastante para acirrar os ânimos. Um sujeito pisou com passo curto ao meu lado, me encarando. Outra mulher o imitou. Jane tinha se mandado, virando às pressas a esquina.

Antes que eu me visse em apuros, com alguém ultrapassando os limites da intimidação, fui salvo pelo ronco de uma motocicleta.

– E aí, cara? O que tá aprontando?

O motoboy tirou o capacete. Eu o conhecia. Estava na minha lista de clientes.

– Tá livre, Breno?

– Tô sim, mas...

– Vamo cair fora daqui então.

Comecei a me acomodar na garupa, com alguma dificuldade, tentando me encaixar entre o baú e as costas dele. Mas o Breno se encolheu e brecou minha afobação:

– Ben, acho que não vai dar. Levei um tombo esses dias. Tô que não me aguento com essas costas machucadas. Tá embaçado.

– Sério? O que aconteceu?

– Dá só uma olhada. Quase dei PT.

Breno baixou o zíper da jaqueta e subiu a camiseta para mostrar o ferimento. O tombo devia ter sido feio. Os curativos tomavam as costas e a região perto da bacia.

Ele tinha uma tatuagem escondida ali, apenas duas letras, em escrita cursiva. Ao ler a palavra "fé" no corpo dele, tive um estalo.

Àquela altura, o pessoal parecia ter esquecido do incidente com a Jane. Fiquei aliviado. Por um instante, achei que as coisas poderiam sair fora do controle e acabar num B.O. monstro. A pandemia deixava todo mundo com os nervos à flor da pele.

Relaxei o bastante para bater um papo com o Breno. A conversa não foi lá muito animadora. Ele andava sem grana até para a maconha. E ainda tinha que fazer entregas e rodar pra cima e pra baixo com o corpo todo ralado. Precisava dar um tempo com a moto, para se recuperar, mas aquilo era impossível. Tava osso pra ele.

– Por que toda essa pressa? – ele perguntou.

– Uma garota.

– Ah, tá explicado. Bom, preciso ir nessa.

– Ei Breno, você que anda por aí, me diz uma coisa. Tem uma igreja evangélica lá pra baixo, perto do posto da Previdência?

– Tem sim, bem no meio daquela rua onde o pessoal monta barraca e distribui comida. Agora, preciso vazar.

Passou a informação com a voz abafada pelo capacete e acelerou ruidosamente, enquanto eu repassava a ideia que tive ao ver a tatuagem.

Eu iria encontrar Jane num lugar onde ela certamente não usaria a máscara. Ela disse que cantava na igreja.

Era lá que pretendia finalmente ver seu rosto por completo.

Território hostil

Fazia um calor infernal naquela noite. Por incrível que pareça, quando escureceu estava ainda mais quente do que durante todo o restante daquele dia tumultuado, em que estive à procura de Jane. Mais uma noite de um dia difícil.

Um mormaço parecia envolver o sobrado em que Frazão e seus asseclas promoviam outra aglomeração clandestina. Logo percebi que havia algo de estranho no ar. Em questão de minutos, contei pelo menos uma dúzia de mulheres descendo de táxis em traje de gala. Vinham sozinhas, em duplas, em trios. E os táxis também despejavam vez ou outra um par de engomadinhos, alguns de blazer, apesar do calor, palmilhando a calçada como se estivessem tocando solo sagrado, prestes a adentrar o Paraíso.

Rubinho ainda não havia aparecido. Eu o esperava na esquina. Já tinha avisado o Montanha que teria companhia naquela noite e não seria o Medina. Ele grunhiu alguma coisa como resposta, o que considerei um sinal verde para entrar com Rubinho. O segurança estava atarefado com aquele movimento todo.

– Esse filho da puta vai acabar estourando a banca – praguejou o Montanha, enquanto sinalizava para os motoristas dos táxis se apressarem na função.

Passava das onze da noite quando o detetive apareceu. Usava um boné de grife, provavelmente falsificado, e camiseta listrada. Não era traje apropriado para uma noite daquela estirpe, mas eu também não tinha vindo preparado para aquele desfile de beldades. Desse jeito, seríamos os párias da festa.

– Não sei o que tá rolando lá dentro, detetive. Talvez seja melhor abortar a missão.

– Nada disso. Esquece – ele respondeu, ajeitando o boné.

– O lugar tá bombando.

– Melhor assim. Anda, vamos nessa.

Antes de entrarmos, ainda tive tempo de lhe dizer que não entendia como era possível a polícia não perceber o movimento daquela noite.

– Não se preocupe com isso. Ninguém vai nos incomodar – ele respondeu.

O imediato do Montanha, um mulato com físico de lutador de sumô a quem todos chamavam Jamaica, nos encarou à porta:

– Onde vai com essa sacola, Ben?

Tinha trazido o laptop do Medina e um reparte de discos, como de costume. As velharias de sempre.

– Não tem serviço pra você essa noite – completou o homem, com uma mão no meu peito e a outra mandando passar mais uma turma de arrumadinhos.

– E como é que eu fico então, Jamaica? Ninguém me avisou nada. Trouxe até um parceiro pra me ajudar. Preciso falar pelo menos com o Rick.

– Fala com o Montanha.

Ele continuava com a mão no meu peito, mas todo o resto do seu corpo estava voltado agora para a passagem de um grupo de moças, os olhos vidrados nos peitos delas sob o vestido.

– Já falei com ele. Por ele, tá autorizado.

– Tá bom, então, vai lá.

O Jamaica nem olhou direito para o Rubinho. Provavelmente ficaria com torcicolo de tanto dobrar o pescoço para checar o traseiro das convidadas.

Frazão tinha investido uma grana para dar uma levantada no ambiente. Luz negra, lâmpadas estroboscópicas, garçons paramentados. E um som meio hipnótico, que parecia vir de uma praia distante. Obviamente, eu estava fora da programação. Encontramos um sujeito compenetrado pilotando as pick-ups. O cara que estava atrapalhando todo o nosso rolê. Era baixinho, de bigodes fartos e cuidadosamente esculpidos. Usava uma boina brilhante, que luzia na penumbra onde estava aninhado. Fones de ouvidos prateados. E uma máscara combinando com aquela boina extravagante. Provavelmente seria o único ali a preservar aquele cuidado profilático naquela noite.

Assim que as pessoas passavam por aquela porta, o comportamento delas mudava radicalmente. Tornavam-se expansivas e cheias de trejeitos, de risadas e sorrisos.

Rubinho não perdeu tempo. Desapareceu em meio às sombras. Vi o boné dele se afastando entre os vultos ao redor da pista de dança. Então me aproximei do baixinho:

– E aí, parceiro?

Ele olhou de soslaio, me ignorando, mas eu estava disposto a marcar território.

– Sou o DJ da casa. Vou deixar minhas paradas aqui para usar mais tarde, falou?

O baixinho olhou novamente de soslaio, dessa vez para a minha sacola de riponga. Mas, tirando a visão horrorizada dos discos que acomodei perto das pickups sobre uma mesa repleta de copos sujos, ele não esboçou reação. Fingindo-se de surdo, o espertinho. Eu era o DJ da casa, porra, seja lá o que isso significava. Que falta de respeito!

Se ele achava que eu ia desistir de provocá-lo, estava enganado.

– Então, por onde você tem tocado? – perguntei – O que anda pegando nessa pandemia?

Finalmente ele respondeu com voz fina:

– Acabei de voltar de Dubai. Fui fazer uma temporada de privês.

– Legal – balancei a cabeça, intimidado.

E ficou por isso mesmo. O som do sujeito era realmente hipnótico. Era capaz de me tornar o melhor amigo dele se ficasse por ali. Tentei circular um pouco com um copo de uísque. Era estranho se sentir um convidado da festa. O sorriso das mulheres era mais brilhante. O cruzar de pernas, mais sugestivo, e os decotes, mais generosos. Os homens pareciam estar respirando em outra vida, muito melhor e inatingível para mim. Se ao menos o Medina estivesse por ali, não me sentiria tão deslocado.

Felizmente, o Rubinho foi rápido na investigação. Voltou depois de uma hora, aparentemente satisfeito com o que vira. Achei que ele traria o Frazão algemado, mas veio sozinho.

– Então, o que esse cara anda aprontando? – perguntei.

– Ele quem?

Rubinho pegou um copo de uísque com o garçom, indiferente: estava na cara que ele me desprezava. Não era o único, afinal.

– Frazão, quem mais poderia ser? O que ele tá armando?

– É sério isso? Todas as noites tocando nas festas dele e você ainda não se ligou?

Podia argumentar que não tocava todas as noites, nem estava na folha de pagamento, mas deixei pra lá.

Estava cercado de idiotas. Rubinho era apenas mais um, que usava um distintivo.

O lado pobre da cidade

A vizinha reclamona passou xingando o governo. Disse que estavam pagando uma miséria para quem havia sido mandado embora na pandemia e não encontrava emprego. Não tinha muita certeza, mas acho que a mulher tinha votado no governo que agora ela repudiava. Era uma ingrata, isso sim.

Então ela voltou seus impropérios para um espectro mais amplo: o brasileiro não tinha jeito mesmo. Um monte de gente que não precisava da ajuda do governo ficava agora se aglomerando nos bancos.

– Dona Rute, me fala mais sobre esses 600 reais – respondi.

Ela ficou ainda mais pê da vida. Começou a esmurrar o ar e bateu em retirada, como um rato que abandona o barco prestes a afundar.

Eu estava interessado na grana que o governo resolvera conceder para quem estivesse desempregado, mas não tinha a mínima vontade de perder uma manhã inteira na fila do banco.

Voltei-me então para o lance que de fato importava naquele momento: encontrar Jane novamente. Tinha uma estratégia para tentar convencê-la a sair comigo.

Aquela era a minha única motivação naqueles dias, e estava tomando cada vez mais meu tempo. Comecei a me tornar um especialista em correio. Descobri o lugar onde armazenavam as encomendas no bairro. Um casarão enorme, de onde entravam e saíam caminhonetes e utilitários amarelos o dia inteiro. Fiquei imaginando quem ali conhecia Jane. Talvez alguém já tivesse se declarado ou fosse um pretendente em potencial. Ela não parecia ser do tipo que dá mole para o primeiro que aparece.

O negócio com a Jane era agora minha prioridade. Por que aquilo havia se tornado algo tão importante? Vivia naquele estado de perturbação, sem tempo para me ocupar de qualquer outra coisa.

Para entrar no clima da investigação, comecei a circular com uma camiseta amarela velha do Sex Pistols, que meu pai me dera e nunca havia usado. Em meus sonhos delirantes, passeava pelo bairro com ares de entregador de encomendas, cantarolando *Please Mister Postman,* até encontrar Jane no final do dia. Deixávamos a agência abraçados, para inveja dos outros funcionários.

Acho que se o Remi não estivesse no hospital, teria outras distrações, mas ele continuava internado. E eu só recebia notícias suas – avanços e recuos diários no quadro clínico, como se a doença se regozijasse naquela incerteza – pelos médicos e enfermeiras que insistiam em me impedir de visitá-lo. Pelo telefone, as tentativas tinham sido frustradas. Tava mesmo embaçado. Duas ou três vezes tentei ligar no celular dele, mas não completou a ligação.

Naquela tarde, mais uma daquelas chamadas para o Remi caiu na caixa postal. Joguei o celular num canto, deixei de lado a camiseta do Sex Pistols e fui escolher uma roupa apresentável – camisa branca de manga curta e calça jeans preta. Também separei uma máscara preta, mais ou menos em boas condições.

Reuni algumas indicações do que Remi havia descoberto sobre Jane e cheguei à conclusão de que a igreja que ela frequentava ficava na Baixada do Glicério. Esperei a noite chegar e desci a colina, disposto a encontrá-la.

No caminho, passei pela agência do correio, fechada àquela altura. Seria muito mais fácil se ela abandonasse a máscara por um instante, pensei.

Jane me obrigava a entrar em território adverso (onde o Tuca havia assumido o fornecimento de todo o tipo de droga). A vida sempre fora dura naquela baixada em que ela provavelmente vivia e confessava sua fé.

Ainda a caminho, percebi muitas placas de aluga-se ornamentando as fachadas dos prédios e das casas, tragadas pela degradação. Ao entrar na rua em que esperava encontrar a igreja, me senti palmilhando uma terra devastada. Caçambas cheias de entulho, emaranhados de fios de eletricidade no ar. O lixo se espalhava à frente de tapumes de madeira, já devidamente pichados, cobertos de letras que pareciam ter sido rabiscadas por uma criança, decorando os escombros de uma construção que, pelo jeito, tinha sido interrompida para nunca mais ser retomada. Havia pelo menos três carros caindo aos pedaços, abandonados à ferrugem nos becos.

A rua fervilhava. Tinha gente transbordando da calçada, esperando a comida servida por voluntários, que ainda estava a caminho.

Se o vírus poderia estar em qualquer pessoa, e o vírus era a morte, então a morte já havia dominado o lugar. Sério, era mais seguro no hospital, na ala em que o Remi estava internado, do que naquelas esquinas.

Algumas barracas de lona se estendiam na calçada. Adultos se aglomeravam e crianças brincavam descalças. A rua era o lar dos sem-teto, dos imigrantes e refugiados, vivendo entre a sujeira, a fome e a doença. Vidas dizimadas já na linha de partida e, no entanto, pulsantes, como se nada mais importasse, a não ser aquele momento de furiosa movimentação.

Juntavam-se os que aguardavam por comida, os mais afortunados que tinham algum emprego, e saíam para tomar um trago depois de um dia cheio, e os que já estavam por ali o dia todo, sem nada a fazer a não ser aguardar que um lance do destino, um bilhete premiado, os catapultasse para longe daquele inferno.

Estavam entregues à própria sorte.

Finalmente avistei a igreja: era uma construção modesta, pintada de branco. Um trovejar de vozes exaltadas, abafado pelo barulho da rua, vinha de lá. À porta, relanceei o lugar, tomado por uma dezena e meia de pessoas, incluindo o pastor, roliço e de óculos de lentes grossas na ponta do nariz. Evocando milagres e arrebatamentos. Havia sete fileiras de bancos de plástico branco, a maioria deserta. Somente as fileiras da frente e as do fundo estavam ocupadas. Em um dos últimos bancos, vestida com uma boina quadriculada, Jane assoprava por trás da máscara, não a que usava no correio, mas uma outra, preta, perfeitamente alinhada sobre a boca que se expandia sob o tecido. Mesmo na hora de cantar, não se livrava da proteção.

O que ocultava afinal debaixo daquela maldita máscara? Parece que a boca dela tinha sido aprisionada, condenada à prisão perpétua.

A senhora ao lado de Jane tava ligada no movimento. Logo notou minha presença. Quando a mulher fixou os olhos em mim, despertou a atenção da garota. Imediatamente o rosto de Jane se contraiu ao me ver ali em pé, na porta da igreja. Arregalou os olhos. Também franzi a testa e, um tanto desorientado, sem saber ao certo o que fazer, procurei minha máscara no bolso da camisa. Estava pronto para entrar na igreja.

Mas, para minha surpresa, enquanto me preparava para vesti-la, Jane se levantou e me pegou pelo braço, levando-me para fora:

– Mas afinal, o que você quer comigo? – disse ela com raiva, as mãos nos quadris. Subitamente, porém, eu não me sentia mais intimidado. Era como se o toque dela tivesse me libertado de qualquer inibição.

– Se importa se eu terminar de colocar a máscara? – perguntei.

Suspirou contrariada, mas concordou:

– Tá bom.

Estendi o pedaço de pano com as mãos, ainda sem vesti-lo, e olhei para ela:

– Não fica brava comigo. Não sou perigoso.

– Como eu posso saber? Você tá me seguindo por toda parte.

– Eu só queria conversar.

– Não sei o que seu amigo falou de mim, não costumo dar confiança pra qualquer um. Muito menos pra um moleque como você.

– Ele só falou coisas boas, posso te garantir.

– Por exemplo?

– Por exemplo? Bom...deixa eu ver...

Ela espichou uns olhos curiosos. Tinha mesmo uma certa pose, mas nada estudado como a Sandra. Cocei a cabeça, tentando me lembrar de tudo o que Remi me contara sobre ela.

Vejamos: Jane estava prestes a completar três décadas de existência e o seu maior feito até ali tinha sido passar no concurso e trabalhar nos Correios. E isso já fazia mais ou menos uns dez anos. Quando lhe perguntavam sua profissão, ela fazia questão de dizer: atendente comercial. O chefe na agência era um monstro que gostava de tocar o terror. Ela tinha medo de perder o emprego com aquele papo de privatização que andava rolando.

E havia mais (Remi não economizara palavras naquela noite de lua cheia). Outros tormentos se acumulavam para além do trabalho, como a igreja, que ela frequentava para agradar à mãe. Sentia-se mortificada com aquele papo de Bíblia. Mas gostava de cantar os louvores. A muito custo, convencera o ex-marido a se divorciarem. Tinha uma filha que estava morando com o pai, enquanto Jane cuidava da mãe doente. O pai da Jane não queria saber mais delas. Não era de admirar que ela se defendesse das minhas investidas: a vida inteira levara a pior com os homens.

– Ele disse que você é canhota, então você carimba sempre as encomendas dele com a mão esquerda. E trabalha com a foto da filhinha do seu lado no balcão – finalmente respondi.

Acho que ela gostou. Sorriu sob a máscara.

– Esse seu amigo, onde ele está agora?

– Já te disse, ele viajou. Se importa se eu fumar?

Eu nem havia chegado a vestir a máscara, afinal. Ela acenou novamente e eu procurei os cigarros no bolso da calça. Mas quando puxei o maço, uma fração de um prensado de maconha caiu junto com o pacote. Não era para o negócio estar ali, naquela calça que eu raramente usava.

Imediatamente me agachei para apanhar o bagulho:

– Desculpa, isso nem é meu, juro.

– Não tem problema – ela respondeu, enquanto retirava o prensado das minhas mãos.

– O quê? Vai fumar isso?

– Não agora – tornou ela, guardando sorrateiramente a maconha em algum bolso escondido sob a saia – Depois.

Essa foi boa. A Jane curtia um fumo. Aposto que o Remi não sabia disso.

De repente, ela me pareceu ainda mais bonita, mesmo com aquela máscara. Definitivamente. ela estava sorrindo agora, debaixo da boina quadriculada.

Foi quando um sujeito apareceu e cortou nosso barato.

– Algum problema aí, Jane?

Era um cara corpulento, de cabelo com corte militar.

– Tá tudo bem, André. Estou aqui com um amigo.

Depois ficaria sabendo que o Andrezão trabalhava nos correios com ela. Como eu imaginava, a agência – e também a igreja – estava cheia de pretendentes. Havia ameaças à missão por todos os lados.

– E o meu convite? Quando a gente pode sair praquele café? – disse para Jane, assim que o tal Andrezão nos deixou a sós novamente.

– Hum...vamos ver. Como é o seu nome mesmo?

– Benjamin. Todo mundo me chama de Ben.

– Tá legal. Ben é mais simpático.

Ela retornou à igreja, mas antes parou, sorrindo:

– Você não vem? Pensei que tava aqui pelo culto.

Hesitei. Ela insistiu:

– Se você cantar todos os louvores, vou pensar no seu convite.

Cantar? De onde ela havia tirado aquela ideia? Eu estava pronto a entrar lá e dar os meus mais sinceros aleluias. Cantar já era demais.

Mas não teve jeito. Jane suspirou por detrás da máscara, me pegou novamente pelas mãos e me arrastou junto com ela para dentro da igreja.

Estava entregue à sua vontade.

Uma visita inesperada

Acordei com uma dor infernal nas costas. Levantei da cama com um certo esforço. A caminho do portão, cruzei a sala pensando que já estava na hora de me livrar de uma parte daquele amontoado de discos se quisesse ter alguma grana nos próximos dias. Algum colecionador deveria se interessar por aquelas relíquias. Bem, se as coisas não melhorassem, teria que começar a me desfazer de tudo, inclusive do violão de papai e o trompete do Remi.

Na verdade, com exceção do Medina, as visitas de clientes estavam se tornando cada vez mais raras. Parece que até os viciados entraram nessa de não sair de casa (e ainda dizem que o vírus não colabora com a saúde pública, vai vendo).

Eu é que não ia arriscar voltar a fazer entregas. Não depois do que havia rolado aquela noite na frente do hotel.

Essa pandemia já estava me dando nos nervos. No começo, quando tinha a companhia do Remi, eu não me importava muito com a restrição de sair na rua. Mas depois que ele foi internado, e comecei a pensar na Jane, ficar olhando para as paredes era uma tortura.

Começou a virar um hábito cochilar no meio da tarde, no mormaço da sala, enfiado naquele sofá que já tinha visto dias melhores. Não raro, sonhava com Jane, invariavelmente o mesmo sonho em que sempre aparecia o tal do Andrezão para atrapalhar o nosso lance.

Eu devia me medicar a alguma leitura, algo do tipo instrutivo, e já que os dias de internet eram cada vez mais raros, em função da grana curta, o jeito era apelar para os livros mesmo. O bom e velho papel. Mas não tinha muita coisa disponível para saciar aquela minha vontade repentina de elevação.

Revirei tudo, começando pela sala apinhada de discos, e encontrei apenas duas possibilidades: uma biografia do Kiss e um exemplar da dieta do abdômen (um programa de alimentação e de exercícios para perder a barriga, ganhar força e se manter em forma pelo resto da vida). Fala sério. Como aquele negócio apareceu aqui em casa? Era algo muito intrigante.

Comecei a folhear a biografia. Sendo o Kiss uma banda de mascarados, talvez houvesse alguma dica inspiradora para enfrentar a pandemia. De fato, o título era bem elucidativo: Kiss por trás da máscara – a biografia oficial autorizada.

Mas dei azar. Das 500 páginas do livro, menos de um quarto era dedicado à história da banda. O resto era tomado de depoimentos e comentários sobre as músicas. Isso nunca entrou na minha cabeça: o quanto as pessoas gostam de falar das suas canções favoritas e tal. Do lugar em que estavam quando tal música tocou. E como aquela música o fez levitar e enxergar o futuro.

Joguei o livro para um lado, tão logo percebi que não ia conseguir me concentrar em nada.

Fui esticar o corpo lá fora e encontrei na caixa de correspondência outra carta da incorporadora. Pelo jeito, a crise tinha poupado o mercado imobiliário. Eles estavam dispostos a comprar a propriedade e se recusavam a desistir. Recolhi um par de prospectos, desconfiado. Olhei ao redor do portão de ferro. Provavelmente o carteiro Andrezão, amigo da Jane, havia acabado de depositar na caixa o envelope, como ave de mau agouro. Fiquei um tanto apreensivo de precisar assinar alguma coisa, receber uma correspondência, uma intimação qualquer, e ter de encarar o sujeito. Assim ele descobriria onde moro e contaria a Jane (parecia ser íntimo demais dela pro meu gosto, diga-se de passagem). Mas esse encontro nunca aconteceu.

Quem finalmente havia aparecido fora o pai de Remi. Chegou uma manhã e nem ao menos quis se acomodar no sofá da sala. Era tão alto quanto o filho, com a calvície precoce que um dia Remi haveria de herdar. Parecia chateado de ter deixado o lugarejo onde viviam. Nem ao menos respondeu o que fora feito dos discos que Remi havia despachado.

O homem tinha outras preocupações. Um pastor precisa andar com o seu rebanho, e aquela ovelha desgarrada, mesmo sendo carne de sua carne, parecia não valer o esforço.

Liguei direto para o celular do Remi no hospital, gastando meus últimos créditos, mas ele, mesmo tendo praticamente se recuperado por completo, não queria ver o pai.

O homem ficou inconformado com a notícia. Não tinha viajado de tão longe para ouvir desfeita. Fomos juntos então até o hospital e lá estava nos esperando um conhecido dele, que ficaria encarregado, segundo o pastor, de visitar o Remi e ver se ele estava precisando de alguma coisa.

Depois de muita insistência, consultas a superiores e protocolos, o pai de Remi conseguiu uma autorização para visitar o filho. Ficamos eu e o amigo do pastor de bobeira por ali, durante uns quinze minutos. Mesmo aparentando boa vontade, o sujeito era corretor de imóveis e, comprovando minha tese, andava atarefado como nunca naqueles dias, correndo pra lá e pra cá, tentando ganhar alguma comissão.

Logo o pai do Remi apareceu de volta com a cara amarrada, e se despediu da gente. Retornaria em seguida para o interior do Paraná, e seu solícito mandatário corretor de imóveis dali em diante não apareceria mais no hospital. De qualquer forma, os médicos davam como certa a alta de Remi nos próximos dias. Era um paciente jovem, de ótima constituição física, e tinha um monte de gente em estado grave precisando daquele leito.

Logo logo chegaria a hora dele vazar dali.

Você quer dançar?

Voltei para dentro da casa e atirei os prospectos no sofá. Pensei em colocar alguns créditos no celular e ligar de novo para o Remi mais tarde, para finalmente revelar a história toda com a Jane. Mas não tive coragem de dizer que sairia com ela naquela noite.

Marcar aquele encontro me exigiu uma nova voltinha em torno da agência do correio, depois de uma jornada de louvores na igreja, cantando e saltitando com palmas e améns. Mas tinha valido a pena. Acho que o momento de vê-la finalmente sem máscara estava se aproximando. Era tempo de se render aos demônios. Haveria revelações e confissões naquela noite. Quem sabe alguma visão angelical? Glória a Deus!

Combinamos que eu iria buscá-la na baixada, antes da meia-noite. O negócio é que não consegui pensar em um lugar melhor para onde eu pudesse levá-la do que a festa do Frazão. Era ali perto, ninguém iria cobrar a entrada e teria bebida grátis. Levaria os discos e Jane ficaria ao meu lado, nas pickups. Reservaria o melhor baseado para fumarmos juntos. Seria uma noite agradável, sem supervisores nem canetas penduradas por um cordão, muito menos grafias intrincadas que ela precisava decifrar nos envelopes, e rolos de papel pardo esperando serem recortados e despachados para o fim do mundo.

Apenas Jane e eu.

Por um momento, pensei em desistir, só de imaginar o Frazão ou o Rick estirando aqueles olhos sequiosos pra cima da Jane. Me dava nos nervos pensar nos dois convidando a garota para o *fatality*. Aquilo era embaçado.

Melhor mantê-los bem longe da Jane.

O som de uma buzina estridente lá fora me despertou daqueles pensamentos. O Medina havia estacionado bem defronte ao portão. O carro que ele dirigia estava mais para uma ambulância vinda do túnel do tempo: uma velha Parati quadrada, cor creme, que raramente circulava no bairro. Era dos pais do Medina, mas os velhos nunca a usavam. E agora que viviam em quarentena perpétua, em algum lugar do interior, o carro estava praticamente abandonado. Parecia que ia desmontar a qualquer momento, ainda que o Medina garantisse ser um veículo conservado. Nas palavras dele, uma opção vintage de mobilidade.

– Tem certeza, Medina? Seus pais não vão aparecer?

– Claro que não, nem esquenta.

– Então fechô.

– Demorô.

Entrei no carro e dei a partida: por sorte, os pais do Medina tinham deixado combustível para queimar, pelo menos um quarto de tanque.

Mais tarde, separei novamente a roupa com que havia me encontrado com a Jane na igreja. Dessa vez, deu um pouco mais de trabalho ajeitar tudo. Tive que ensaboar o traje e o resultado não havia sido lá muito bom, a julgar pela dificuldade em deslizar com o ferro quente na hora de passar (o Remi teria dado um jeito melhor, com certeza). Mas estava tudo limpinho.

Quinze minutos antes do combinado, desci com a Parati ladeira abaixo. Aquela seria mais uma noite de calor. A avenida que cruza o bairro estava deserta, bem diferente do clima que iria encontrar lá na baixada.

Para não ter que atravessar toda a rua – ainda borbulhante naquele horário avançado –, e também para não alarmar os vizinhos da Jane, nem arranhar sua reputação, marcamos em uma esquina a dois quarteirões da igreja.

Alguém tinha acendido uma fogueira bem no meio da calçada. Um crepitar de entulhos que borrifava a noite escura. Atrás daquelas chamas, lá estava ela, de prontidão, usando uma saia justa e se equilibrando sobre o salto alto. O cabelo solto, volumoso, e a máscara indefectível também estavam lá. Ela não baixava a guarda mesmo. Mas não por muito tempo, se tudo desse certo.

Jane veio se aproximando da Parati com andar resoluto, serpenteando gloriosamente pelo calçamento em ruínas. Senti de longe o perfume adocicado. Levemente aturdido, me levantei a tempo de contornar o carro e abrir a porta do lado do passageiro. Ela se acomodou e pareceu imobilizada por alguns instantes.

De volta ao carro, dobrei o pescoço em sua direção, mas Jane parecia ter se convertido em uma estátua. Nenhuma reação. Estaria arrependida? A vontade era tirar logo aquela máscara dela à revelia, acariciar suas mãos e beijá-la. Cheguei a erguer o braço, mas desisti no meio do caminho, receoso da sua reação.

Desliguei a Parati e fiquei imóvel também. Não fora um gesto premeditado, apenas um reflexo sem justificativa, o suficiente para Jane despertar do outro lado:

– O que houve? Vamos!

– Desculpe – encabulei.

Tornei a dar a partida. Ouvi o motor resfolegar de um jeito estranho.

– Onde a gente vai mesmo? – continuou Jane.

– Numa festa, já disse.

– Que tipo de festa?

A festa que o Frazão e sua turma da pesada gostavam de promover, com todas as formas de divertimento sórdido à disposição. O tipo de festa em que uma garota de máscara como você seria a atração da noite, era o que eu deveria responder.

– Quer saber? Acho melhor a gente desistir – respondi – Vou dar a volta e te deixar em casa.

– Por quê?

– Não é o tipo de lugar pra uma garota como você.

– Que história é essa agora? Eu sei me cuidar. Vamos.

Fomos. O trajeto até o casarão era curto, mas tive a impressão de que o negócio estava demorando uma eternidade. Jane voltou a se comportar como estátua. Não parecia animada, nem apreensiva. Sua mudez era um enigma protegido pela máscara (de tom escuro naquela noite, em vez do cinza habitual).

Precisei acionar o toca fitas da Parati para quebrar o gelo. Começou a tocar *Do You Wanna Dance* na versão do

Johnny Rivers. O tipo de música que os pais do Medina curtiam. A garota pareceu gostar do som. Por um instante, nossos olhos se encontraram num lampejo.

Então aconteceu algo inesperado: Jane começou a soluçar. Um solavanco vinha lá de dentro dela e fazia estremecer todo o seu corpo.

– Tira logo essa máscara, pelo amor de Deus. Respira um pouco.

– Já vai passar. Só preciso tomar um gole d´água – ela respondeu.

Estávamos já na rua da festa, praticamente defronte aos arbustos do casarão. Jane estivera soluçando durante três minutos.

Montanha espichou os olhos para dentro do carro, no exato momento em que o motor da Parati falhou, calando tudo, inclusive a seleção do Johnny Rivers. Girava a chave em vão no contato. Nada.

Jane se aproveitou do apagão e desceu:

– Eu preciso de uma bebida, Ben. Um drinque e esse soluço passa.

Olhei para o Montanha. Este assentiu com a cabeça, fazendo sinal para Jane entrar.

– O que tá havendo aí? Morreu? – disse o segurança.

Mas não estava prestando atenção no que ele dizia. Acompanhava o passo rápido de Jane entrando na casa, sacudida por um novo soluço.

– Morreu? – ele tornou a perguntar.

– Morreu – respondi, como se tivesse despertado.

– Tem que empurrar.

– Isso, Montanha. Me ajuda a tirar essa lata velha daqui.

Desci do carro e mantive as mãos no volante, enquanto o Montanha se preparava para dar um empurrão na traseira. Mas antes que a gente se movimentasse, o barulho de sirenes tomou conta da rua. Três viaturas da polícia surgiram atrás de nós.

Montanha voltou-se e me segurou pelo colarinho, tomado de cólera, enquanto um pequeno batalhão descia das viaturas:

– O que você fez?

– Você acha que fui eu que chamei os homens? Esquece Montanha. Não vale a pena.

Ele tornou a olhar para os policiais já invadindo a festa de arma em punho. Em seguida, me agarrou novamente. Eu estava flutuando sobre o chão.

– O que você fez, Ben?

Mas a raiva foi cedendo ao desânimo no seu rosto. Quando o Montanha me soltou, tinha a tristeza estampada nos olhos. Deixou o lugar com passos apressados para nunca mais ser visto no Cambuci.

Apertei o colarinho da camisa. Dois botões haviam pulado com o tranco do Montanha. Depois, com um certo esforço, manobrei a Parati até a rua de paralelepípedos. Não se escutava nada do que acontecia lá dentro. Fiquei por ali durante uns quinze minutos, sem ouvir sinal de vida. O que teria acontecido com a Jane?

Até que o Rubinho, parceiro do detetive Eurico, apareceu guardando a arma na cintura e acendendo um cigarro. Quando me viu do outro lado da rua, fez um aceno e voltou para dentro do casarão.

Corri até a casa do Medina. Por sorte, encontrei ele sentado na calçada, fumando discretamente um baseado.

– Mano, a Parati tá encalhada – eu disse, ofegante pela corrida.

– Cara, não esquenta, tenho o macete pra fazer ela funcionar de novo.

Ao voltarmos para a rua da festa, restava ainda uma viatura com luzes vermelhas recolhendo alguns sujeitos.

– O que tá rolando aqui? – perguntou Medina.

Ele botou o carro para funcionar e se mandou sozinho, um tanto assustado. Ainda fiquei por ali mais um tempo até que a viatura partisse.

Fui para casa, mas não consegui dormir naquele resto de madrugada. Só conseguia pensar no que poderia ter acontecido com a Jane.

Esperando pelo fim do mundo

O detetive Eurico me acompanhou até a porta da delegacia. No calor de um outubro sufocante, o homem havia deixado o paletó xadrez pendurado no encosto da cadeira. Usava uma camisa polo branca que, avulsa e longe do paletó, o deixava um pouco mais jovial.

Passamos antes pela mesa do parceiro dele, mas Rubinho, grudado no telefone, não viu que a gente saía para a rua – o que foi um alívio. Não queria mesmo ter que cumprimentar o sujeito. Ainda assim, parei por um segundo ali, imaginando se ele não poderia me dizer o que havia acontecido com a Jane, se ela fora levada pelas viaturas naquela noite. Porque o detetive Eurico tinha sido totalmente evasivo nas suas explicações. Como se quisesse se livrar logo de mim.

Sem que eu perguntasse, assim, do nada, ele comentou comigo alguma coisa sobre uma apuração complicada, que esperava concluir em breve. Talvez fosse o caso do homem que havia caído do alto do hotel Refúgio. Nunca mais li nada a respeito, nem o tal Tempestade me procurou novamente para comprar fumo.

Mais um mistério com o qual eu estava condenado a conviver.

Aquele tinha sido um encontro mais rápido do que eu havia previsto. Foi suave. A conversa demorou para começar porque o detetive estava atolado de formulários que ele precisou mudar de lugar. Por cima de todos aqueles papéis, o jornal do bairro, com a notícia de que uma batida da polícia tinha fechado uma balada clandestina. A mesa do detetive era a única em que não havia um computador.

Basicamente, ele me advertiu para andar na linha e deixar de passar fumo. Não parecia lá muito satisfeito com a tal batida nos domínios do Frazão. Disse que as diligências não haviam sido conclusivas. De qualquer modo, acho que ganhei pontos com ele, pois tinha cumprido com o combinado.

– O senhor poderia me ferrar. Por que está sendo tão legal?

O homem balançou a cabeça. Depois, cuspiu o chiclete.

– Primavera de 1998 – ele disse, agora com a boca livre da goma – Show do Johnny Rivers no parque do Ibirapuera. Seu pai era o guitarrista de apoio. Você nem havia nascido. O Barba, que Deus o tenha, me colocou nos bastidores. Ganhei uma camiseta havaiana e um autógrafo.

– Não sabia que gostava do Johnny Rivers, detetive.

– Sou um homem antiquado, filho.

Ele já estava virando as costas, quando, de repente, tomei coragem e perguntei:

– O senhor teria ido no enterro dele?

– Como assim?

– Meu pai morreu de Covid. Não houve velório. O Remi, meu amigo, disse que se houvesse um velório, todo mundo estaria lá. Mas eu duvidei que isso acontecesse. Porque meu pai não tinha lá muitas amizades.

Foi mesmo muito triste aquele enterro. Caixão lacrado e tudo. Remi tentou me animar, convidando para uma oração que ele proferiu com lágrimas no rosto. Não era fácil imaginar o velho assim, indo embora sem se despedir. Remi acreditava que ele iria para um lugar especial quando morresse, onde pudesse tocar seu violão tranquilo. Bom, nunca fui um homem de fé. Mas se isso fosse verdade, o velho deve estar me amaldiçoando até agora por eu não ter lhe dito adeus enquanto ele ainda estava aqui na Terra.

– Mas é claro que eu estaria lá – o detetive respondeu, colocando a mão no meu ombro – Todo mundo estaria. Que bobagem.

Finalmente deixei o detetive Eurico e corri para casa. Tinha que dar a mão à palmatória para o Remi. No caminho, passei pelo correio e pensei por um instante em procurar a Jane. Mas já tinha feito isso antes, e me falaram que ela havia tirado uns dias de folga.

Precisava me apressar, pois o Remi havia conseguido alta e resolvera voltar para a casa dos pais no interior. Ele voltou meio estranho do hospital. Falava coisas sem nexo. Praticamente não reagiu ao saber das minhas investidas na Jane. Quando cheguei em casa, já havia se mandado. Era um sujeito afoito. Não quis me esperar.

Tive que improvisar uma condução. Tentei ligar para o Breno, ver se ele estava na área e podia me levar até a rodoviária, mas o celular dele caía na caixa postal. Recorri ao Zeca, taxista que fazia ponto perto do cemitério:

– Você ainda tá me devendo a última corrida. E cadê a porra da máscara? – ele disse, enquanto me acomodava ao seu lado e tentava ao mesmo tempo achar a máscara em um dos bolsos da calça.

Eu tinha usado os serviços do Zeca em uma emergência, e ainda não havia acertado a corrida. O sujeito tinha ficado pistola com aquela parada. Ele continuou de mau humor na viagem, principalmente quando precisou enfrentar o trânsito no Anhangabaú. Arfava a ponto de juntar vento suficiente para esticar a máscara alguns centímetros diante da boca.

Na rodoviária, do lado de fora do carro, junto à escada rolante, dei uma limpa na carteira. Reuni a maior parte da grana que tinha no bolso e paguei dois terços da corrida pro Zeca, prometendo saldar o restante em breve. Ele já ia reclamar, mas uma senhora cheia de malas apareceu pedindo ajuda.

Demorou um pouco para eu me localizar na rodoviária, mesmo com o movimento fraco. Tinha visto na tevê filas enormes nos aeroportos de gente que estava alucinada para viajar após todo aquele tempo enfurnada em casa. Aparentemente, quem andava de ônibus não estava com tanta pressa assim de voltar para a estrada. Até uma pequena fanfarra apareceu, três velhotes desanimados que tocavam marchinhas na frente de uma loja. Ninguém parecia se importar com eles.

Corri a tempo de encontrar Remi já dentro do ônibus. Ao me ver pela janela, ele sumiu por alguns instantes e logo apareceu na plataforma, um tanto encabulado. Provavelmente estava avaliando o esforço que eu tinha feito para chegar a tempo de me despedir.

– Eu tava pensando aqui no seu pai. No dia em que ele me encontrou na rua.

Acho que não falei, afinal, como o Remi ficou tão próximo da gente. Papai o encontrou amarrado à velha castanheira. A molecada tinha feito aquilo com ele na pura maldade. Remi ficou pelo menos uma meia hora ali, atado ao tronco, sem que ninguém se dispusesse a ajudá-lo. Meu pai ficou no veneno quando viu aquilo. Imediatamente o desamarrou e o levou pra casa.

Mas o Remi não ficou muito tempo conosco, daquela primeira vez. Tomou o leite que meu pai ofereceu e se mandou rapidinho. Estava com medo de levar uma surra quando chegasse em casa, sob a alegação de que tinha ficado de bobeira até tarde na rua. Depois ele continuou vindo nos visitar. Acho que nunca teve muitos amigos, afinal de contas. Chegava sempre com sua bicicleta e ficava por ali, fazendo perguntas sobre música ou ajudando papai a passar o tempo. Depois daquele primeiro dia, ele nunca mais teve pressa de voltar para a casa dele.

– A gente não melhorou muito depois daquilo, não é mesmo? Olha só pra nós dois.

Não captei exatamente o que ele queria dizer. Parecia bem emocionado com aquela lembrança.

– Bom, pelo menos você está curado. E, olha só, eu me livrei daquela parada com o detetive. Deu tudo certo.

– Da doença estou curado, Ben – ele me interrompeu – Mas o medo de não estar vivendo do jeito certo...esse nunca passa. Nunca termina.

Então, como se estivesse possuído pela doutrina Barba, mas com espírito contrário, ele me falou, com admirável naturalidade, suas últimas palavras antes de partir:

– Às vezes eu penso que nada disso é temporário, entende? Que essa pandemia só veio lembrar todo mundo do quanto a gente é frágil. Todo mundo vive isolado um do outro, e esse vírus só veio jogar esse troço na cara da gente. Se cuida, irmão.

– Desculpa, eu… – balbuciei. Mas Remi já havia entrado no ônibus, praticamente vazio.

E lá se foi ele, ainda debilitado, com a imunidade reduzida a pó.

Aquele "se cuida irmão" ressoou durante um bom tempo no caminho de volta. Segui pelo longo corredor que dava na estação de metrô, não sem antes passar pela bandinha de sopros, que havia decidido descansar nos bancos de plástico da rodoviária. Três músicos veteranos vencidos pela apatia de sua plateia. Meu pai iria chorar se visse aquilo.

O metrô também estava às moscas. Os poucos passageiros se protegiam um dos outros, com suas máscaras e expressões desconfiadas. Rostos cobertos cujos olhares vagavam em busca de um desvio qualquer, uma atitude suspeita, um movimento fora das recomendações de distanciamento. Ninguém que buscasse a atenção sincera do outro, uma mínima demonstração de afeto. Até mesmo uma criança, acomodada no colo da mãe, parecia me examinar com ar inquisitório.

Houve um tempo em que era divertido encarar aqueles rostos desconhecidos e tentar adivinhar as histórias que cada um escondia. Mas, de repente, me senti exaurido por dentro. Queria apenas chegar em casa e lá me refugiar.

Desci cinco estações adiante. Lá fora, o ônibus elétrico havia parado do outro lado da rua com as portas abertas, prestes a partir, recebendo os últimos passageiros. Corri para tentar alcançá-lo e, naquele esforço, acabei tropeçando. Rolei pelo asfalto e só fui parar à beira da calçada. Fiquei alguns segundos imóvel, ainda sem perceber o estrago: um rasgo na calça jeans, bem na altura do joelho, e os cotovelos ralados pelo atrito com o chão. Ainda deitado, vi o busão desviar praticamente em cima de mim e seguir em frente. Assim como o motorista, todos em volta me ignoraram. Ninguém me ofereceu ajuda. Precisei me segurar numa grade amarela em forma de arco, feita para estacionar bicicletas, a fim de me erguer, atônito e envergonhado. Felizmente, um outro elétrico logo apareceu e embarquei, ainda entorpecido, um tanto pela queda e principalmente pela indiferença alheia.

Aquilo era um sinal. A tragédia se abatera sobre mim, e eu nem me dera conta. Acho que o Remi estava querendo me avisar, de alguma forma, mas eu não soube captar a mensagem.

Tudo o que sentia, naquele momento, era o joelho dolorido. Tão entretido fiquei em averiguar os danos causados pelo tombo que acabei passando direto pela frente de casa. Só desci do ônibus dois pontos adiante, defronte ao cemitério, ainda com o passo claudicante.

Nunca havia visitado aquele cemitério, mesmo tão próximo de casa. Mas num impulso, como se os mortos me chamassem, adentrei pelo portão de ferro pintado de verde e me acomodei num dos bancos de cimento daquelas alamedas solitárias.

Olhei mais uma vez para o rasgo na calça. Depois, deitei os olhos na paisagem. Os túmulos formavam fileiras de granito. As árvores ainda secas do início de primavera estavam espalhadas por todo o lugar, como guardiãs do silêncio daquelas almas. Um cachorro abandonado passou por mim e se deteve ali, por alguns instantes. Logo o sino da igreja tocou ao longe, e o animal pareceu despertar, desistindo de esperar alguma reação de minha parte.

Também decidi esticar as pernas e andar por ali a esmo, como se a caminhada pudesse dissipar a dor no corpo. Os nomes nas lápides me chamavam a atenção. Cosimo, Ildefonso, Uríbio. Nomes estranhos de quem tinha morrido há muito tempo. Que homens haviam sido? Aquelas tumbas, aquela gente. Eles deixaram de existir e aquela consciência da finitude, para mim, era devastadora. Cada criatura tinha seu destino e, ao final, a morte. O que havia de bom e errado com eles já estava enterrado há muito tempo.

Estariam eles agora tripudiando os mortos da pandemia, que nem ao menos tinham direito a serem velados com dignidade? Quantas mágoas levaram para o túmulo? Como saber? Meu pai levara as dele – seria mesmo a hora dele partir? Não partimos todos? Onde ele estaria agora? Não somos todos submetidos a essa grande montanha russa que era vida e morte nos escapando pelas mãos?

Só agora, entre lápides de gente estranha, é que enxergava nitidamente o verdadeiro mistério, aquele que iria me acompanhar para o resto da vida: havia matado meu pai com minha teimosia em não seguir as regras do confinamento? Tinha levado o vírus para casa, noite após noite passadas nas festas clandestinas? Nunca iria saber. Mil garrafas de vinho barato eu beberia se isso me levasse à verdade.

Subitamente entendi que a única certeza naquele momento é que a vida nos perfurava com seus vírus e ilusões. Com dúvidas que iriámos carregar para sempre até o túmulo. Só a vida persiste, ela é maior que tudo, que qualquer um de nós. É sem propósito para quem insiste em decifrá-la, e o final de quem se entregava às paixões que dela emanavam estava ali, bem diante dos meus olhos. Não importa o escárnio ou a devoção que você escolhe para enfrentá-la, ela sempre te deixa pra trás.

De repente, me senti sufocado por aquele lugar. Também não queria mais voltar para casa. Felizmente, meu amigo Breno estava a postos onde costumava parar, perto do bar do Contrafilé. E estava recuperado dos ferimentos nas costas.

– Me leva até lá embaixo – disse a ele, enquanto montava na garupa da moto.

– Mano, tá atrás daquela garota ainda?

– É isso aí, pode apostar.

Sha-la-la, la-la tee-da, lá vamos nós.

Pedi para ele me deixar nas redondezas da casa de Jane. Um dos bares estava aberto de modo suspeito, com a porta de aço semicerrada, desafiando a quarentena. O tipo de lugar que eu precisava. Pedi um conhaque, servido sem parcimônia pelo proprietário, enfiado numa camiseta cavada para enfrentar o calor. Havia meia dúzia de sujeitos lá dentro, na penumbra. Um deles estava cantarolando uma música, batendo as mãos de um jeito muito suave, quase sussurrado para sua reduzida plateia:

– *O mal... será queimada a semente...*

Outros dois sujeitos ocupavam a dianteira do bar, ao meu lado. Nós quatro, contando com o proprietário, ficávamos de olho na rua, para o caso de alguma autoridade aparecer. Mas a escolta dos dois outros estava comprometida devido ao estado alterado dos homens.

Um dos bêbados me viu colocando a máscara no bolso e tentou puxar conversa:

– Eu é que não vou andar de máscara, tá ligado? Nem me vacinar. Besteira, chefia – anunciou para mim.

Foi então que vi um carro conhecido do outro lado da rua. Um sedã preto que vivia estacionado perto do casarão das festas clandestinas.

– Fica de olho na minha bebida – disse ao bêbado.

Fui atravessando a rua, enquanto o carro se preparava para arrancar. Por um momento, acreditei ter capturado o rosto iluminado de Jane por completo, no retrovisor. Aquele rosto que andei perseguindo nas últimas semanas como se fosse o Santo Graal. Mas acho que vi mesmo foi o cabeção do Rick, que havia acabado de beijá-la, antes de acelerar o carro.

Voltei para o bar, desnorteado. O homem lá atrás ainda cantava o sambinha:

– Quero ter olhos pra ver... a maldade desaparecer.

Meu parceiro de balcão também continuava lá e queria me convencer:

– A gente já tá morto mesmo, chefia. A gente não vale merda nenhuma.

Balancei a cabeça concordando, para a satisfação dele. Depois mandei o conhaque pra dentro de uma só vez.

Final

Remi, meu irmão,

Recebi sua carta já no novo endereço, que você provavelmente vai conhecer da próxima vez que vier me visitar. A vizinha reclamona me surpreendeu dessa vez, tendo a gentileza de me levar a correspondência até a pensão em que agora vivo, na companhia de gente que preferia nem mesmo cumprimentar.

Enfim, ela me deixou tão feliz que eu retribuí o gesto com a última planta que você cultivava no seu quarto e guardei comigo. Um cacto resistente como o Ozzy Osborne. De qualquer maneira, a mulher não deixou de reclamar que ninguém mais escreve cartas hoje em dia. Nem mesmo ela, que é uma velha solitária. No que tive que concordar.

Mas eis que, por motivos insondáveis, me vi logo deitado na cama, escrevendo de volta. Você vai ficar sabendo, por essas linhas, que finalmente demoliram nossa casa. Assinei os papéis e, praticamente no dia seguinte, já estava tudo no chão. A varanda onde você e papai filosofavam foi a primeira a submergir debaixo do entulho. Ainda naquela manhã, passei na feira, comprei um vinho e bebi em sua homenagem. E à memória de papai.

Os discos dele devem estar espalhados agora por aí, depois que passaram pelas mãos de um sujeito que arrematou todo o lote de vinis e outras velharias. Reservei apenas o The Best of Van Morrison e o Joy Division. Nem sei como eles ainda estão intactos, aqui nessa espelunca. Mas não acredito que terei paciência para comprar uma vitrola tão cedo.

Tirando impostos, advogados e a parte que precisei empenhar para saldar as dívidas de papai, ainda sobrou uma boa grana da venda do imóvel. Eu também tinha contas a acertar com o Medina, mas parece que ele anda refugiado em algum lugar longe do bairro. Ninguém sabe do seu paradeiro.

Enfim, dinheiro agora não é um problema. A questão é que não tenho vontade de gastar com nada. Nada mesmo. Estava pensando em comprar uma moto, quem sabe te fazer uma visita. Mas só de pensar no trabalho que vou ter para escolher uma, já desisto da ideia. Tenho medo de comprar qualquer coisa, na verdade. Tenho medo de entrar num supermercado e encontrar de novo aquele pessoal maluco do começo da pandemia, estocando papel higiênico.

Então guardei a grana no banco. Mas sei que na primeira oportunidade, vou fazer merda com essa bolada. Nunca fui muito bom com dinheiro. Tenho uma queda pelas ideias estapafúrdias. Esses dias, quase torrei tudo num impulso. É que às vezes a dona da pensão me deixa muito irritado, pegando no meu pé. Se ela continuar me enchendo, compro tudo aqui e mando ela embora rapidinho. Papo reto. Tô falando sério.

Faz algum tempo que já me encontro habilitado a tomar a vacina, mas ainda não levei a picada. Não sinto falta de ser protegido.

Eu até tentei entender esse lance de vírus. Decifrar a lógica dele. Mas desisti. Ele deve ter vontade própria, aquele negócio de livre arbítrio que você gostava de me explicar. Então escolhe sem muito critério quem vai replicar, quem vai transmitir e quem vai morrer. Acho até que já carrego aqui comigo essa tal Corona, mas ela não quer se manifestar.

Deixa isso pra lá. Sinto falta mesmo é de um bom baseado. Mas, por enquanto, estou cumprindo a promessa que fiz pro detetive Eurico e andando na linha.

Te cuida também por aí.

P.S.

Mensagens curtas, enviadas pelo celular:

Remi, eu ia te enviar uma carta respondendo sua correspondência.

Mas não consegui escrever nada muito interessante.

Você sabe que não sou muito bom com as palavras.

Decidi apenas te mandar um presente.

Algo que pertencia ao meu pai.

Você gostava demais desse disco.

Guarda ele aí com você, OK?

Pode me ligar nesse número.

Ou se quiser voltar a escrever, fica à vontade.

Vou te mandar meu novo endereço.

A gente conversa melhor depois.

Agora tô aqui na fila do correio.

Vou despachar sua encomenda.

Adivinha só quem tá aqui, bem na minha frente?

A Jane.

Ela mesma.

Tá me esperando no guichê.

Sem máscara.

Você tinha razão, Remi.

Puta que pariu, queria que você estivesse aqui agora, só pra ver o jeito dela, sorrindo para mim.

– FIM –

Papel pólen 90g/m²
Tipologias Palatino Linotype 12 e Humnst777 18 e 36
Impresso no outono de 2023